Scarlett mène l'enquête

FLEUR HITCHCOCK

Traduit de l'anglais (Grande-Bretagne) par Catherine Guillet

Flammarion

La boîte

Ding, dong. La sonnette.

J'écoute, mais rien ne se passe.

Ding, dong. Encore la sonnette.

Syd, mon petit frère, arrête de donner des dinosaures à manger au panier à linge sale. Il sourit et me tend un stégosaure dégoulinant de bave.

Ding, dong. Ding, dong. Ding, dong.

Zut alors. Maman devient sourde ou quoi ?

Je suis encore au lit, tout entortillée dans mon drap. Je mets péniblement les mains au sol pour m'en extraire. Si je me trouvais dans une maison en feu, j'aimerais m'en échapper de cette manière. Sauf que toute la literie vient avec moi, et que je m'effondre par terre.

Ding, dong !

— J'arrive !

Je me remets debout péniblement et vais jeter un œil par la fenêtre. Je vois à peine à travers le carreau ; toutes les averses du monde semblent s'être donné le mot pour tomber sur notre maison et pour dévaler ma fenêtre en particulier. J'aperçois malgré tout un vieux break, avec des baguettes de carrosserie en bois, garé entre les grands rectangles de béton qui abritent les cressonnières[1] de notre voisin, M. Hammond. Celui-ci parle à un inconnu invisible et lui indique du doigt notre porte d'entrée.

Je n'ai jamais vu cette voiture et je me prends à espérer qu'elle sera l'annonce d'un grand événement. Peut-être quelqu'un vient-il m'apprendre que j'ai gagné quelque chose.

J'enfile mon tee-shirt sale de la veille en me demandant si j'ai retourné le coupon pour le concours de céréales ou si je l'ai laissé derrière le grille-pain. Je crois que je l'ai laissé derrière le grille-pain. Je sors de ma chambre.

Jambes pliées, une main sur chaque rampe de l'escalier, je me soulève pour passer la barrière de sécurité de Syd et me laisse glisser jusqu'au bas des marches.

Je cherche Maman. Écouteurs aux oreilles, elle fait son yoga matinal dans le salon. Elle n'a pas entendu sonner.

Je m'arrête dans le couloir, à l'affût.

---

1. Bassin où l'on cultive le cresson.

Quelqu'un s'est collé le nez contre notre porte d'entrée ; j'imagine que la personne n'a pas de parapluie et essaie de se mettre au sec. Comme notre porte est faite d'un verre givré décoré de petits bateaux démodés, je ne vois qu'une ombre.

Ding, dong.

L'idée me vient que c'est peut-être un tueur fou armé d'une hache. Cependant, je décide que ce genre d'individu ne se présenterait jamais chez quelqu'un à neuf heures un samedi matin.

Les yeux toujours rivés sur la silhouette derrière la porte, je continue de réfléchir. En fait, je ne pense pas qu'il faille en avoir peur ; elle n'est guère plus haute que moi.

Je prends le risque et j'ouvre.

— Scarlett ? Scarlett McNally ?

J'ai devant moi un homme tout rond au visage luisant, vêtu d'une veste en peau de mouton, et qui arbore une barbe de Père Noël. Ce n'est définitivement pas un tueur fou armé d'une hache ; toutefois il n'a pas l'air non plus de quelqu'un qui viendrait me prévenir que j'ai gagné un concours. Il ressemble davantage à quelqu'un qui viendrait acheter du cresson à M. Hammond. Et puis, je suis sûre que ceux qui viennent vous prévenir que vous avez gagné un concours conduisent des voitures qui ne datent pas du siècle dernier. L'homme tient une boîte.

— Oui ?

Je jette un coup d'œil par-dessus mon épaule. Ma mère est passée aux étirements. Elle n'a toujours rien remarqué, mais quelque chose me dit que ce n'est pas grave.

— Bonjour, Scarlett. J'étais le notaire de votre père.

Il s'est avancé sur le seuil ; une partie de sa veste, imbibée de pluie, est plus sombre que l'autre.

Un notaire ?

Je ne sais pas quoi lui dire, alors je le dévisage. Et je le dévisage encore. Je peux dévisager les gens pendant une éternité ; personne n'a encore jamais réussi à m'égaler. Cette tactique me permet de contrôler la situation. Je constate que l'homme commence à se sentir mal à l'aise, alors je lui donne une chance : je lui fais un clin d'œil.

Maintenant, il est totalement déconcerté. Il fait malgré tout une nouvelle tentative.

— Je viens de la part de votre père.

— Mon père ? Mais il est...

— Oui, Scarlett. Il m'a laissé cette boîte avant de... et il a exigé que je vous la remette pour votre onzième anniversaire ou à une date aussi proche que possible de ce jour-là. Vous avez bien eu onze ans la semaine dernière, n'est-ce pas ?

Il serre cette boîte contre lui comme s'il n'avait aucune envie de s'en séparer.

— Oui... mardi.

— Eh bien... bon anniversaire, Scarlett. Cette boîte est à vous.

Il la dépose sur la moquette, cherche de la main la poignée de la porte, me salue d'un doigt pointé sur le rebord de son chapeau et recule en se prenant les pieds dans la barre de seuil.

— Pourquoi fallait-il que j'aie onze ans ? demandé-je alors qu'il est déjà sous la pluie.

— Aucune idée, me répond-il. Peut-être votre père a-t-il pensé que, de cette façon, vous seriez assez âgée pour éviter certains de ses amis les moins avenants ?

Les épaules voûtées contre les éléments, il court vers sa voiture.

— N'espérez pas trop de cette boîte ! me lance-t-il.

Il ouvre sa portière, qui émet un long grincement. Quand il la referme, un éclat de bois fuse d'une des baguettes de carrosserie sur le trottoir.

Il met le moteur en marche et recule en éraflant le bas de caisse du break sur le rebord d'une cressonnière. Une fois dans la rue, il démarre si rapidement qu'il fait de l'aquaplaning sur plusieurs mètres. Il tourne enfin sur la route principale, où il disparaît.

Je regarde la boîte fixement, puis je l'attrape et la secoue. Quelque chose à l'intérieur cliquette.

Papa.

Cette boîte vient de mon père.

Mon père, le cambrioleur. Mon père, le voleur. Celui que personne ne mentionne.

Il est mort il y a cinq ans.

Ellie et Oncle Derek

Assise au pied de l'escalier, je fixe Maman à travers la porte ouverte du salon. Elle est de dos. Je suis sur le point de l'appeler lorsque je lis mon nom sur la boîte. Je me ravise.

Je l'appellerai plus tard.

J'entends Syd qui jette des voitures dans la baignoire. Il en fait du bruit.

Je devrais peut-être montrer la boîte à Maman. Elle sera en colère si je la lui cache, mais si je la mentionne tout de suite, elle perdra sa bonne humeur.

Elle a des réactions bizarres quand on parle des pères. Du mien en particulier.

Bref, cette boîte m'est adressée. À moi, pas à elle.

Je l'emporte à l'étage dans ma chambre, où je

m'assieds sur mon lit. Comme elle n'est pas trop grande, je la pose sur mes genoux.

Le ruban adhésif qui la ferme est un peu décollé à une extrémité.

J'aurais préféré que le livreur soit envoyé par le fabricant de céréales ; j'ai le sentiment que cette boîte renferme des complications éventuelles. Je ne sais pas grand-chose sur Papa et je suis certaine de ne pas vouloir trop en savoir, pourtant je trépigne, tout mon corps est en ébullition. C'est comme si mon sang s'était transformé en eau gazeuse.

Papa ?

Cette boîte vient de Papa ?

Je tire sur le ruban adhésif.

Poussés par une grosse boule de feuilles de journaux froissés, les rabats de la boîte s'ouvrent d'un coup.

Je fais un bond, puis respire profondément et lisse sous ma main l'une des pages. Elle date et ne dit rien de spécial. Je ressens un petit serrement, puis un engourdissement. Les bulles de mon eau gazeuse ressemblent davantage à du Coca plat maintenant. Je plonge ma main ouverte dans la boîte.

Je la referme sur quelque chose de mou, du daim peut-être ? Du daim qui entoure du métal, car j'entends de nouveau ce cliquetis. Ou alors un écrin à bijoux ? Une bourse en velours remplie de bagues en or et de colliers d'émeraudes ? Butin d'un cambriolage oublié depuis longtemps ? Les yeux fermés, je sors l'objet de la boîte et l'effleure du bout des doigts. Ce ne sont pas des bijoux ; je penche pour l'hypothèse d'une trousse qui contient bien quelque chose de métallique.

Quelque chose qui, au bout du compte, a peut-être de la valeur.

J'ouvre les yeux. C'est marron, couvert de taches d'huile, et ne ressemble en rien à un écrin à bijoux. C'est une trousse en croûte de cuir fermée par une longue lanière. J'ai du mal à dénouer cette dernière, mais soudain elle cède et tout tombe par terre.

Des outils.

Des OUTILS ? !

Rien que des outils, longs, fins, durs ; et pas un tournevis en vue.

Tout un chapelet de mots grossiers me traverse la tête.

Ce sont des crochets.

Je les connais. Je referme les yeux et me revois, petite, si petite que je peux à peine regarder par-dessus le couvre-lit en patchwork de Maman. Elle est là, assise sur le matelas ; je crois qu'elle se brosse les cheveux.

Papa est là aussi, ses longs doigts referment l'étui de cuir sur les crochets, enroulent la lanière autour de ces derniers et la nouent. Je sens son odeur ; vient-elle de ses cheveux, de sa veste ? C'est une odeur chaude et musquée.

Il me soulève et me jette sur le lit. Un grand éclat de rire sort de ma poitrine et je tends les bras pour qu'il recommence. Mais il doit partir, encore une fois, comme toujours.

Ses yeux bleus pétillants se plissent et il me sourit, avant de disparaître par la porte de la chambre. Le souvenir de sa personne flotte près de moi.

Les crochets pèsent lourd dans ma main, comme s'ils contenaient un secret, réservé aux adultes. Je sais que Maman ne les aimera pas et qu'elle me les prendra, alors je les glisse sous mon lit.

Je plonge la main dans la boîte une deuxième fois. Mes doigts sentent de minces liasses de cartes en papier glacé liées avec des élastiques, et un objet rectangulaire d'assez grande taille.

Autant en emporte le vent.

Je connais. C'est l'histoire d'une râleuse du nom de Scarlett O'Hara. Mon homonyme.

Pourquoi Papa voudrait-il que j'aie ce livre ? On en a déjà un exemplaire ici, qu'il a offert à Maman à ma naissance.

Je replonge la main dans la boîte et j'y prends deux liasses de photos et cartes postales.

J'y découvre un cliché de Maman, très jeune et très belle, et un autre d'un homme que je présume être Papa. Avec ses favoris et ses chaussures pointues, il est très élégant. Et puis il y a des personnes que je ne reconnais pas ; des endroits où je ne suis jamais allée.

Mes fourmillements ont presque disparu. Je n'ai trouvé dans la boîte ni collier en or ni bague d'émeraude. Je suis de retour sur le sol de ma chambre cernée par l'odeur des lingettes et des mouvements intestinaux de Syd.

Et tout ce que j'ai de mon père se révèle être une pile de photos et une trousse à outils.

Ding, dong.

Peut-être l'homme revient-il me dire qu'en réalité, j'ai gagné le concours de céréales.

Je pousse la boîte sous mon lit. Syd est sur le palier, bras tendus, alors je le prends et passe avec lui par-dessus la barrière de sécurité, ce qui n'est pas sans danger, avant de le laisser descendre tout seul à reculons.

J'ouvre de nouveau la porte d'entrée.

C'est Oncle Derek et Ellie.

Zut. J'avais oublié Ellie. Elle vient dormir à la maison pour que Maman et Oncle Derek puissent aller travailler chacun leur tour. Lui est de garde maintenant et Maman doit préparer le dîner à la maison de retraite ce soir. Ellie serre contre elle une grande couette rose à fleurs et un lapin blanc en peluche.

— Bonjour, Scarlett, dit-elle.

Elle a une voix gnangnan et un sourire benêt. J'ai du mal à la supporter ; cela dit, personne ne la supporte.

— Bonjour, Ellie, dis-je. Bonjour, Oncle Derek.

Je les laisse entrer en me forçant à sourire.

— Bonjour, Scarlett, répond Oncle Derek.

— Ah Derek ! s'exclame Maman, qui a fini son yoga et est passée à la cuisine.

Elle nous rejoint dans l'entrée en s'essuyant les mains sur son caleçon. Oncle Derek l'embrasse sur la joue et elle rougit.

Lui aussi.

Ce n'est pas vraiment mon oncle.

— Merci beaucoup, Carole, vraiment, reprend Oncle Derek. Je suis obligé d'aller vérifier l'installation des caméras de surveillance dans les bureaux de la mairie...

Il tourne les talons pour repartir, mais s'arrête sur le seuil de la porte. Il se frotte le menton et se met à danser d'un pied sur l'autre. C'est un officier de police en civil qui adore courir le marathon. Il ne tient pas en place. Malgré les trombes d'eau et les flaques, je ne serais pas surprise s'il sprintait jusqu'au commissariat en attrapant un ou deux criminels au passage.

— Je devrais être de retour à dix-sept heures quinze, ça ira ? demande-t-il.

Maman prend Syd dans ses bras et sourit.

Ellie et moi les regardons fixement.

Ils ne nous voient plus.

Ellie

Le fait est que les policiers, les vrais, pas ceux des séries télévisées, sont propres et ordonnés. Ils cirent leurs chaussures, vont au travail à l'heure et ne remplissent pas les portières de leur voiture des papiers d'emballage de leurs friands à la saucisse. En tout cas, le père d'Ellie ne le fait pas. Cela dit, je crois que c'est le seul policier que je connaisse.

Il est très méticuleux aussi, ce qui se voit chez Ellie. Aujourd'hui, elle porte une robe bleue à fleurs et une ceinture en plastique brillant de la même couleur.

Malgré la tempête qui se déchaîne à l'extérieur, ses socquettes sont d'un blanc immaculé.

Quant aux verres de ses épaisses lunettes à monture bleue également, ils sont parsemés de gouttes de pluie.

Je me demande si elle y voit quoi que ce soit ; elle ne s'est peut-être jamais regardée dans un miroir.

— Vous voulez que je mette mes affaires dans la chambre de Scarlett ? demande-t-elle à Maman.

— Oui, ce sera parfait, ma chérie, répond Maman, qui me jette un regard noir avant de pointer le doigt vers l'escalier.

J'ai compris. Je monte dans ma chambre avec Ellie, qui pose sa couette sur le lit du haut. Aussitôt, ma pièce empeste la fleur artificielle, le parfum que le père d'Ellie choisit toujours pour sa lessive. Je m'apprête à prendre la couette pour la jeter sur le lit du bas quand je me souviens que Maman m'a imposé d'être gentille avec Ellie en toutes circonstances.

Alors, je me retiens, et, pour me venger, je lui tire la langue pendant qu'elle a le dos tourné.

Elle ramasse un sweat-shirt rose à fleurs que je déteste.

— Il est joli, déclare-t-elle.

— Oui, dis-je.

Un silence océanique nous sépare.

— C'est dommage qu'il pleuve, reprend-elle.

— Oui, dis-je.

Cette fois, je ne mens pas. J'aurais préféré que nous puissions nous baigner dans la citerne qui se trouve derrière les cressonnières. J'adore y aller ; cela me donne l'impression de nager dans un aquarium. À mon avis, Ellie est tellement propre qu'elle détesterait l'eau glaciale, sans compter toute la vie aquatique qui y a élu domicile. Oui, je doute qu'elle apprécie. Surtout sous la pluie. M. Hammond ne voit pas d'inconvénient à ce que nous utilisions sa grande citerne ; il nous a assuré que cela ne le dérangeait pas à partir du moment où nous n'abîmons pas les cressonnières. Il est heureux de nous avoir comme voisins, M. Hammond. Selon lui, notre présence est plus efficace qu'une alarme ; je comprends, même si j'ai du mal à imaginer comment quelqu'un pourrait voler un chargement de cresson.

Et pourquoi, surtout.

Je vérifie par la fenêtre si le soleil a cessé de bouder.

Il boude toujours.

Tout est gris : le béton autour des cressonnières, la citerne à l'arrière, la piste d'atterrissage de l'aérodrome au-delà et sa tour de contrôle aussi.

Tout est gris, ou trempé.

Ou les deux.

Ni Ellie ni moi ne parlons. Cette fois, je suis sûre d'entendre les planètes qui roulent à travers l'univers comme des boules d'herbe sèche.

Nous descendons. Maman et Oncle Derek parlent dehors sous un parapluie ; dans le salon, Syd mange deux tomates en même temps. J'allume la télévision. Ellie s'assied d'un côté de la pièce et moi de l'autre, par terre.

Nous arrivons juste à temps pour regarder *Dans le jardin des rêves*. L'écran est plein de personnages mous et réjouis qui dansent et bondissent partout. Syd imite tous leurs mouvements et passe ses mains couvertes de tomate sur l'écran. Il doit penser que ces personnages vivent dans la télévision.

Un agaçant petit bruit, plus agaçant encore que la télé, commence à me déranger.

Tch, tch, tch, tchti cha, tch, tch, tch...

C'est le MP3 d'Ellie.

Elle est allongée sur le dos et appuie sur les boutons de sa console. Elle a de très gros doigts, de très grosses mains. Elle a tout de gros en fait.

Et elle est branchée, enfin d'une certaine façon.

Je me lève, m'éclipse discrètement de la pièce et monte sans bruit dans ma chambre. Je n'y resterai qu'une minute et prétexterai que je suis allée au petit coin, mais j'ai envie de jeter un nouveau coup d'œil à ma boîte.

Je commence par le livre, *Autant en emporte le vent.*

En format poche, aux feuilles jaunies, on voit qu'il a été souvent lu et manié. La trente-neuvième page est marquée, mais ne comporte aucune annotation. J'en lis quelques lignes, puis je flaire l'ouvrage. Il sent les vieilles étagères moisies. Rien de cet objet ne dit « Papa ».

Rien dans les cartes postales ne dit « Papa » non plus. La plupart ont été écrites par Maman et sont décorées de petits dessins que j'ai réalisés. La plupart sont adressées à une prison.

Je les feuillette rapidement. Il y en a des tonnes. Toutes des vues de la jetée de Dampington, du zoo ou de la mairie, comme si Maman et moi n'étions jamais allées ailleurs. Je me demande à quoi Papa pensait quand il les recevait. Sans doute à son foyer délaissé, quoique... Même quand il n'était pas en prison, il n'a jamais vraiment habité avec nous. En revanche, il nous rendait souvent visite ; il ne purgeait certainement que de courtes peines derrière les barreaux.

Je classe les cartes par dates. La plus récente remonte au mois de novembre. Papa est mort juste avant Noël. À l'église, l'arbre était décoré et la scène de la Nativité comptait un âne à trois pattes qui m'a obsédée pendant toute la cérémonie. Je crois que, ce jour-là, je me suis dit que si je me tenais vraiment bien, et si j'étais vraiment gentille avec le bébé en plastique dans la crèche, Papa reviendrait pour Noël.

Il n'est pas revenu.

Maman s'est effondrée. Nous avons arrêté de sortir, elle pleurait sans cesse, et j'ai passé le pire Noël de toute ma vie.

Peu de temps après, nous avons vécu avec le papa de Syd, et avec Syd lui-même. Jusqu'à ce que le papa de Syd et Maman en aient assez l'un de l'autre et qu'elle le mette à la porte.

Notre famille ne sait pas très bien s'y prendre avec les papas.

Je passe de nouveau la main à travers les feuilles de journaux roulées en boule et je tâtonne. Au bout d'un moment, dans un bruit de papier froissé, j'extrais d'autres photographies et sens au passage contre ma peau un petit objet métallique qui s'est logé en partie sous un des coins supérieurs de la boîte.

Je la retourne et la tape du plat de la main. L'objet métallique fuse, part en rase-mottes au-dessus de la moquette et va s'écraser dans la pile de petites voitures de Syd.

Clac.

C'est alors qu'Ellie entre dans la chambre en courant. Elle se baisse pour le ramasser.

— Ah, te voilà... dit-elle.

Je ne l'ai pas entendue arriver.

Zut et zut et zut.

Elle s'accroupit à côté de moi et laisse tomber l'objet dans ma main. C'est une clé. Une minuscule clé, toute riquiqui, digne d'un cadenas trouvé dans une pochette-surprise.

— Je me demandais où tu étais passée, déclare Ellie en regardant d'un air dubitatif les affaires qui jonchent le sol. Qu'est-ce que c'est ?

Sans prévenir, elle plonge son bras blanc couvert de taches de rousseur entre les boules de papier et en sort un étui cylindrique en plastique noir qui m'avait échappé. Avant que je puisse l'en empêcher, elle fait sauter le bouchon qui le ferme.

Un rouleau métallique tombe à mes pieds.

— Ha... fait Ellie.

Je la fusille du regard.

— Je voulais juste t'aider, se défend-elle.

Je me saisis du rouleau et retire la bande élastique rouge qui l'entoure. Je le tourne dans tous les sens. C'est une pellicule, comme on les utilisait dans les anciens appareils photo. Au milieu, une languette brillante pointe sous une rangée de crins noirs.

Ellie a fixé sur moi ses yeux bleu bébé que ses lunettes rendent énormes.

— C'est quoi ? demande-t-elle.

Elle a un air si pathétique que je me sens obligée de lui répondre.

— Pourtant, ton père est mort, me rappelle-t-elle une fois que je lui ai raconté mon histoire.

— Ça, je le sais. Mais il a demandé à ce que ces affaires me soient remises le jour de mes onze ans.

Elle continue de contempler le contenu de la boîte d'un air ébahi.

— Quelle drôle de collection, décide-t-elle.

Elle prend *Autant en emporte le vent* pour le feuilleter et je me sens submergée par l'envie irraisonnée de l'arracher à ses gros doigts boudinés. Ce livre est à moi et je possède peut-être une drôle de collection, mais elle est à moi et elle appartenait à mon père, pas au sien qui empeste l'assouplissant. À mon père, le cambrioleur sans peur.

Mais je dois être gentille avec elle, pour faire plaisir à Maman.

J'ai une telle envie de pleurer que je suis obligée de me lever ; je vais me mettre à la fenêtre. Dehors, M. Hammond récolte et prépare des bottes de cresson. Je remarque aussi une grosse voiture noire, très propre ; la pluie glisse joliment le long de sa carrosserie. Comme j'aimerais faire une bonne marche sous la pluie.

On peut toujours rêver.

— Ce sont les cartes postales que ta mère et toi lui avez envoyées pendant qu'il était en prison ? se renseigne Ellie, qui les a prises pour les observer. Tu lui faisais de jolis dessins.

Je n'en peux plus. Je reviens près des lits superposés, je pose les mains par terre et je soulève les jambes contre celui du haut.

— Oui, visiblement, il les a toutes gardées, bougonné-je une fois la tête en bas. Ma mère en a un paquet aussi.

Tout mon sang vient s'accumuler sous mon crâne. Je ressens des picotements et j'ai l'impression que mes sourcils vont tomber. Les poiriers sont un bon moyen d'arrêter les larmes.

— Et ça, tu sais ce que c'est ? poursuit Ellie en me fourrant la pellicule sous le nez.

— Non.

Je ne veux pas regarder. Je ne veux pas espérer, parce que je déteste les déceptions.

Ellie secoue la pellicule. Elle ne fait aucun bruit.

— Et si je tirais sur la languette ? suggère-t-elle.

Je laisse retomber mes jambes d'un coup, me redresse comme une fusée, et tente de lui arracher la pellicule des mains.

Surprise, elle résiste et je tire si fort que je finis par être celle qui déroule le film. Alors que l'horrible sentiment me saisit qu'il n'était peut-être pas développé, je remarque que le ruban noir s'est transformé en carton puis en longue bande de papier.

Nous le posons à plat par terre pour l'examiner.

Regarde toujours plus haut, Scarlett, continue la gymnastique, et ne fais pas confiance à N'IMPORTE QUI.

Voilà ce que le message dit.

Derrière ses lunettes, Ellie cligne ses grands yeux bleus, puis me dévisage. Les miens sont de nouveau sur le point de s'emplir de larmes, alors je m'éclaircis la voix, je roule le film, je le remets dans son étui et l'étui dans la boîte.

Et puis je refais un poirier, ainsi que plusieurs autres jusqu'à l'heure du déjeuner.

J'imite Papa

Allongée sur le lit du bas, je contemple la longue ombre qui s'étire sur le sol. La tour de contrôle de l'ancien aérodrome à côté de chez nous. Autrement dit, c'est la pleine lune. Dans le lit du haut, Ellie ronfle.

Je lève la tête vers le sommier au-dessus de moi ; j'ai collé le message de Papa sur les lattes.

Regarde toujours plus haut, Scarlett, continue la gymnastique, et ne fais pas confiance à N'IMPORTE QUI.

Inutile.

Totalement inutile.

Tout l'est. Même les cartes postales. Elles auront plus de signification pour Maman que pour moi.

Pour ce qui est de ne rien dire à personne, trop tard : Ellie est déjà au courant.

Je me tourne vers le mur, replie mes genoux sur ma poitrine et serre la couette autour de moi.

J'essaie de me remémorer le visage de Papa, mais Oncle Derek et Ellie envahissent mon cerveau. Le sac de cette dernière est comme un diffuseur magique de puanteur, version lessive à la fleur artificielle, qui noie tout autour de lui. Y compris le parfum des lingettes pour bébé de Syd. Toute la maison d'Ellie a la même odeur.

Je me demande ce que sent la nôtre. La pâtisserie ? La soupe ? Les couches sales ?

Ellie est la seule personne chez qui je vais depuis quelque temps et elle est la seule personne qui vienne chez nous. Avant, beaucoup de copains venaient ; Sam Lewis, très souvent même, mais il se concentre sur le football maintenant. À l'école, j'ai toujours préféré les garçons ; ils sont plus drôles. Les filles, elles, sont toutes des enquiquineuses de premier ordre et je ne les inviterais jamais chez moi. J'aimerais encore moins aller dans leur maison et je suis bien contente qu'elles ne m'y invitent pas.

Je crois que leurs mères ont peur de nous. Après tout, Papa était un criminel.

Mais Ellie... vraiment... quelle faute ai-je bien pu commettre dans une vie antérieure pour mériter de l'avoir sur les bras ?

Je me mets sur le ventre et les mains accrochées aux barreaux à la tête du lit, je fixe le mur.

Je suppose qu'Ellie est différente. Elle n'a pas d'amis, qu'ils soient garçons ou filles ; elle ne connaît que moi, parce que Oncle Derek et Maman se connaissent, et nous ne connaissons Oncle Derek que parce qu'il a sorti la voiture de Maman de la boue dans laquelle elle s'était enlisée. Oncle Derek ne considère pas Papa comme un problème ; cela dit, il a l'habitude des criminels.

Je ne suis pas sûre que je dirais d'Ellie que c'est une amie.

Si c'en est une, alors c'est une amie très agaçante.

Nos amis sont-ils censés nous agacer ?

Je me tourne sur le dos et j'appuie les pieds contre le sommier d'Ellie. Je pourrais la faire basculer.

Ou regarder les outils de Papa.

Je les imagine, éclairés par le rayon de lune, à quinze centimètres à peine de moi. C'est trop tentant ; je passe la main sous mon lit et la referme doucement sur la trousse.

Je me lève et enjambe l'équipement électronique – console, téléphone, MP3 – qu'Ellie a branché dans le coin de ma chambre et dont les veilleuses rouges brillent. J'ai bien envie de tirer les fils, mais je me dis que ces gadgets sont probablement les seuls amis d'Ellie et que même s'ils sont aussi assommants qu'elle et son père, les débrancher serait méchant de ma part.

En bas, Houdini[1] se nettoie l'arrière-train au clair de lune. Notre chat ne se montre que lorsque Syd est au lit.

Il suspend son activité pour se frotter la joue contre mon genou. Je dénoue la lanière et déroule par terre l'étui de cuir qui protège les outils. Houdini décide de passer dessus et les fait tinter.

— C'est Papa qui me les a laissés, lui murmuré-je.

Houdini se gratte contre le canapé.

J'effleure les outils du bout des doigts. Je dois les essayer. C'est obligé. Je me relève, referme la trousse et traverse la cuisine baignée de lune sur la pointe des pieds. Oncle Derek a rangé ses tennis près de la porte, à côté des bottes en caoutchouc de Maman. Je les contourne en silence et tire le verrou.

Et maintenant ?

Je m'immobilise sur le gravier mouillé. La lune se reflète dans les cressonnières. J'entends la source qui se déverse dans la grande citerne en contrebas.

L'abri de bois de M. Hammond luit dans la nuit. À sa porte pend un gros cadenas et, à l'intérieur, se trouve le tronc dans lequel les acheteurs de cresson laissent leur paiement.

Le gravier est froid et dur. J'essaie de ne pas le faire crisser. Une chouette hulule dans les arbres derrière

---

1. Du nom d'un célèbre prestidigitateur américain d'origine hongroise, Harry Houdini (1874-1926).

l'aérodrome. Quelque chose fait bruisser la haie, autre chose pousse un cri perçant.

Je pose les outils de Papa par terre, déroule l'étui de cuir et prends un crochet au hasard. Je n'ai aucune idée de ce que je fais, mais j'ai choisi le plus long. Je l'insère dans la serrure et remue.

Rien.

J'essaie avec le crochet le plus court. Rien.

Peut-être voler est-il plus difficile qu'il n'y paraît.

Je tente ma chance avec trois autres crochets, sans résultat. Puis j'en remarque un à bout épais. Je l'introduis doucement et cette fois, je sens quelque chose bouger. Comme si ma main savait ce qui se passait à l'intérieur, comme si elle voyait. Je tiens le crochet de la main gauche. Je ne sais pas pourquoi, mais j'ai le sentiment que c'est ainsi qu'il faut s'y prendre.

Clic.

Oui. Le cadenas s'ouvre.

Il glisse facilement et je soulève la porte pour qu'elle ne frotte pas sur le gravier.

C'est dément.

Je regarde mes doigts poser le cadenas ouvert sur la marche.

Folle.

Je suis folle.

Je m'arrête.

Je pourrais partir.

Ou continuer.

Je vois le tronc encastré dans le mur à l'intérieur de l'abri. Sa serrure est différente. Je l'observe dans l'obscurité.

Je devrais tourner les talons et tout refermer.

Mais je reste. Je prends dans la trousse un crochet, à crans, qui ne convient pas ; j'en essaie d'autres, plus lourds.

Clic.

!

La petite porte s'ouvre dans un grincement. J'entre la main dans le tronc ; je sens des billets et des masses de pièces rondes. De l'argent, du vrai. Mais j'aime bien M. Hammond et je ne pense pas que Papa l'aurait cambriolé. Quelque chose me dit que ce serait mal, alors je ne touche rien.

En tout cas, je sais maintenant que je pourrais être...

... Je pourrais être *aussi* un cambrioleur.

Grossière erreur

Lundi matin.

Presque cinq heures.

Je crois que je suis restée éveillée toute la nuit. Ellie est repartie chez elle hier et ma chambre a plus ou moins retrouvé son odeur habituelle. En ce qui concerne les objets que contient la boîte de Papa, je n'y ai pas touché en dehors de la petite clé que j'ai suspendue à mon cou à l'aide d'un lacet de chaussure orange. Je me demande pourquoi Papa me l'a donnée.

J'imagine qu'il essayait de me dire quelque chose. Mais quoi ? J'ai le sentiment que cette clé est un indice d'importance. Que j'aimerais déchiffrer son secret ! Papa aurait peut-être dû attendre que je sois plus âgée ; je serais sans doute plus futée.

Quoi qu'il en soit, il m'a laissé ses outils ; il voulait donc certainement que je devienne cambrioleur. Alors, c'est ce que je serai, et je m'appliquerai. J'ai réfléchi à ce qui pourrait ressembler à un vol de bijoux à Dampington et je crois que j'ai trouvé la cible parfaite.

J'ai une mission.

Je descends dans la cuisine. Houdini me regarde, plein d'espoir, alors je le nourris. Puis, le lot de crochets sous le bras, je me glisse dehors.

Il n'y a aucune voiture. Personne n'est levé, mais il fait presque jour et les oiseaux s'éveillent déjà. L'herbe est mouillée et les orties se frottent à mes jambes sur le sentier que je suis le long de l'aérodrome en direction de la ville.

J'ai l'impression de rêver ; c'est impossible, je ne suis pas réellement en train de faire ce que je fais.

J'en ai froid dans le dos. Mon sang se transforme de nouveau en boisson gazeuse. Je dois m'arrêter pour respirer un peu, car chaque millimètre de mon corps semble être sur le point d'exploser.

— Hé ! crié-je vers les champs.

Une corneille s'envole d'un fil téléphonique et bat des ailes en lançant un cri rauque.

— HÉ !

J'attends.

Cette fois, rien ne me répond. Il n'y avait que la corneille et moi ; et maintenant, il n'y a plus que moi.

Je reprends ma route. Je n'arrête pas de penser à Papa. Je suis en train de l'imiter. Je pars en mission : je m'en vais de bon matin rendre visite à une personne riche pour la soulager des bijoux dont elle ne veut plus. Pour réussir cette entreprise, je dois me déplacer dans la ville comme un fantôme. Personne ne devra jamais savoir que je suis venue ici – une seule empreinte pourrait me trahir.

Une fois à Dampmouth Bay, je me glisse dans une contre-allée où je m'immobilise. Les rues sont vides. Des bruits montent du port, mais ici, dans la ville, tout est tranquille.

Je reste là le plus longtemps possible, à m'écouter respirer, inspirer, expirer, inspirer, expirer.

Je pourrais rentrer à la maison.

Tout abandonner.

Non.

Je reprends mon avancée.

Près de la rue principale se trouve le magasin *Aux bonbons et jouets d'antan.* Une vitrine regorge de bocaux et de boîtes en étain remplies de sucreries striées de sucre rouge et blanc ; l'autre, de fusils Nerf, de Legos et de Playmobils.

Je m'arrête devant comme si j'attendais qu'on me prenne en voiture, à cinq heures trente du matin.

Je tends l'oreille, mais n'entends rien, pas de bruits de pas, pas de véhicules. Mentalement, je prépare néanmoins une excuse : « Je faisais les vitrines pour l'anniversaire de mon frère. »

Ce n'est pas formidable, mais cela fera l'affaire si quelqu'un apparaît juste maintenant. Je pose la main sur la poignée ronde de la porte, glisse un des crochets dans la serrure et ne m'arrête même pas pour réfléchir à mon action.

Clink, clonk.

Rien ne se passe.

Un début d'affolement provoque une imperceptible pulsation dans ma tempe. Je parie que Papa n'a jamais eu cette réaction.

Je prends le crochet le plus long.

Clonk, clonk, clic.

Je tourne la poignée et la porte s'entrebâille.

Si une alarme se déclenche, je suis morte. Je retiens mon souffle une minute au moins. Rien. Hormis que le magasin m'attire par ses alléchantes senteurs fortes et fruitées.

Oui !

Oui. Oui.

J'ai réussi. J'ai crocheté la porte du magasin le plus fascinant de la ville.

Je reste un moment émerveillée par mes propres capacités, puis je me souviens que je suis probablement devant la porte depuis cinq bonnes minutes et que quelqu'un a pu me voir. Un frisson de peur me parcourt le dos et je regarde par-dessus mon épaule, convaincue que je vais découvrir un inconnu en train de m'épier. Non. Tout est calme, alors j'entre.

Je referme la porte derrière moi et écarquille les yeux. Tous les bonbons dont je peux rêver sont là, juste devant moi, et je peux en prendre autant que je veux. Les bocaux sont alignés le long des murs, les prix indiqués au feutre ; la surface du comptoir est parsemée de paniers pleins de bonbons emballés posés sur des rangées de boîtes aux couleurs vives, elles aussi remplies de confiseries.

Je regarde derrière le comptoir, pour le cas où quelqu'un s'y cacherait, mais il n'y a personne bien évidemment ; je n'y vois pas non plus de petite lumière rouge clignoter. Cela dit, j'ai tout intérêt à me dépêcher, peut-être l'alarme est-elle cachée et la police va-t-elle arriver.

Je lève les yeux vers les bocaux.

Je suis pétrifiée, paralysée par tant de possibilités, puis je me rappelle brusquement ma mission : rapporter à la maison un trophée de chaque section du magasin.

Je suis tentée par une boîte entière de serpents pétillants, mais on se rendrait compte de sa disparition, alors je me contente d'en croquer deux et de les laisser éclater dans ma bouche pour le plaisir de mes papilles.

Délicieux.

J'en enfouis deux de plus dans ma poche et empoigne dix chewing-gums. Puis je descends de son étagère le pot de bonbons acidulés à la framboise, j'en pèse exactement deux cents grammes et je les mets dans un sachet en papier.

Cela suffira.

Sauf que je remarque des rouleaux de réglisse ; j'en mets quelques-uns dans ma poche aussi.

Cela suffira vraiment.

J'avale un dernier serpent et me dirige vers la section des jouets située à l'arrière du magasin. D'un côté sont entassés les poupées roses pailletées, les chevaux et les nounours – tout ce qu'aime Ellie. De l'autre se trouve tout pour les garçons. J'effleure du doigt les roues d'un skateboard ; j'aimerais bien en avoir un, mais je ne pourrais jamais m'en servir incognito. Maman le verrait et me tuerait.

Je m'accroupis pour étudier les étagères de jouets pour tout-petits. Les dinosaures sont drôles, cependant Syd n'a pas vraiment besoin d'en collectionner davantage. Je passe les trains, les tracteurs et les voitures. Au bout du rayonnage sont exposées des torches, celles qu'on remonte comme une montre. Ce sont des petits personnages, transformés en lampes. Je prends un policier.

Je le donnerai peut-être à Oncle Derek pour Noël.

Je ne pense vraiment pas avoir besoin de quoi que ce soit d'autre et puis, de toute façon, je dois y aller.

De retour dans la rue, je découvre qu'il fait plein jour. Mes poches sont pleines à craquer et j'aimerais bien prendre mon petit déjeuner.

Ding, ding, ding, ding, ding, ding.

Six heures.

Syd sera debout, ce qui signifie que Maman sera debout aussi.

J'essaie de verrouiller la porte, en vain. J'essaie encore, mais je ne sais vraiment pas m'y prendre. Alors, je la ferme tout simplement. Sauf qu'elle ne ferme plus tout à fait.

Je parie que ce n'est jamais arrivé à Papa non plus.

Une voiture apparaît au bout de l'allée, s'arrête, puis repart. Un camion d'éboueurs passe dans la rue principale en faisant un bruit de ferraille, un moteur de tracteur se met en route quelque part en dehors de la ville.

Je tourne le dos au magasin et je pars en courant.

Écologie

Le zoo de Dampmouth Bay est à peu près aussi passionnant que les cressonnières de M. Hammond. Ses seuls points d'intérêt sont sa maison aux papillons et sa boutique de cadeaux souvenirs. Toute la classe dévore cette dernière des yeux pendant que Mme Gayton distribue des planchettes à pince avec feuille et stylo.

À moitié somnolente, je tends une main pour la planchette tout en prenant avec l'autre une framboise acidulée dans ma poche. Mme Gayton passe devant moi sans me donner mon matériel, mais recommence la distribution devant Melissa, qui se tient juste à mes côtés.

— L'écologie, les enfants... annonce Mme Gayton. Voilà l'objet de notre visite aujourd'hui.

À mon avis, ce zoo n'est pas écologique du tout. Ni éco, ni logique, d'ailleurs. Des singes fatigués pendent mollement du toit de leur petite cage nauséabonde, et le fourmilier, qui refuse de se montrer, se cache dans un espace aussi grand qu'une piscine. Il y a également deux flamants qui virent au gris, ils n'ont pas dû manger assez de crevettes roses.

Il y a beaucoup de béton aussi.

Comme autour des cressonnières, sauf qu'à mon avis, elles sont plus écolos que ce zoo.

Je n'ai apporté que le sachet de framboises acidulées et deux chewing-gums, pourtant je me sens bizarre. Une minute, j'exulte, comme quand on se croit seul détenteur d'un important secret ; l'autre, je suis prise de nausée.

C'est peut-être le manque de sommeil.

Je fais équipe avec Ellie, ce qui n'a rien d'étonnant : je suis la seule à ne pas faire preuve de méchanceté à son égard. Melissa, Jessica et Amber pouffent déjà dans leurs mains. De toutes les horribles filles de notre classe, ces trois-là sont les pires. Maman les appelle les sorcières. L'évocation de cette image m'a beaucoup aidée, car, depuis, je me dis qu'un jour ou l'autre, elles finiront mal. Pour l'heure, elles se moquent des vêtements d'Ellie, ce que je peux presque comprendre car ses choix ne sont jamais très judicieux. D'ailleurs, celui qu'elle a fait aujourd'hui est littéralement insensé.

Pull rose pelucheux, sac à dos trop grand, caleçon rose qui boudine ses jambes et leur donne l'air de saucisses apéritif, et bottes transparentes à paillettes.

Oh, et elle est coiffée d'un chapeau.

Personne ne met jamais de chapeau, même si cet accessoire est toujours cité sur la liste que Mme Gayton envoie aux parents pour les sorties. Bien qu'il pleuve, je parie qu'Ellie a également apporté de la crème solaire.

— Bon, à vos planchettes ! lance Mme Gayton. Répondez à autant de questions du formulaire que vous le pourrez ; si vous calez, c'est que vous ne faites pas assez d'efforts.

Mme Gayton se dirige vers le café. Elle espère sans doute que l'un de nous sera dévoré par le lion ou attaqué par le tigre galeux. Je la soupçonne de penser à Ellie et à moi en particulier.

Mme Gayton est l'une des raisons pour lesquelles Ellie et moi avons trouvé un terrain d'entente. Notre professeur est aussi diabolique avec l'une qu'avec l'autre : Ellie est intelligente, ce que Mme Gayton déteste puisque cela fait ressortir qu'elle ne l'est pas. Quant à moi, je suis la fille d'un voleur, et elle veille à ce que je ne l'oublie pas. Elle serre son sac à main contre elle quand je m'approche, comme si j'allais le lui arracher du bras. Vous pensez. Elle doit avoir cent huit ans. Elle enseignait déjà à l'école quand Maman y était élève. Je crois que Mme Mason, la principale, a peur de la renvoyer.

En revanche, Mme Gayton semble avoir un véritable faible pour les sorcières ; peut-être reconnaît-elle chez elles des traits de sa propre personnalité.

J'abandonne les garçons qui tentent d'attirer le fourmilier avec un gâteau au chocolat et je pousse les portières en PVC qui mènent à la maison des papillons. On y bout dans cette salle et l'atmosphère n'est pas rassurante. Les papillons, énormes, vous passent juste au-dessus de la tête en battant lentement des ailes. La plupart ont l'air en mauvais état et ressemblent à de vieux rideaux.

Je présente à Ellie le sachet de framboises.

— Oh... merci Scarlett, me dit-elle.

Elle en choisit une de la même couleur que son chapeau.

J'en prends une moi aussi, que je pousse dans ma bouche du bout du doigt. Je devrais éprouver un plaisir grandiose à la laisser fondre sur mon palais, mais ce n'est pas le cas. Qu'Ellie en ait mangé une me rassure vaguement, car je peux me dire maintenant qu'elle partage un peu ma culpabilité même si, techniquement, elle ne sait pas que ces bonbons sont volés et que, par conséquent, elle n'a aucune raison de se sentir coupable.

Papa était-il tenaillé par ces sentiments chaque fois qu'il commettait un cambriolage ?

— Ellie, as-tu déjà fait quelque chose de vraiment mal ? demandé-je en feignant d'examiner un papillon de nuit marron.

Il m'a l'air mort, à moins que ce soit un bout d'écorce.

— Quelque chose de vraiment mal ? répète Ellie. Que veux-tu dire ?

— Voler, par exemple.

Ellie scrute une pierre. À mon avis, c'est une grenouille, mais Ellie est myope et elle est effectivement surprise quand la pierre commence à sauter sur les rochers couverts de mousse.

— Tu penses à ton père ?

Non, je n'y pensais pas, mais j'ai peur de la réaction d'Ellie si je lui avoue la vérité, alors je réponds oui de la tête.

— Même dans son cas, reprend-elle, je crois que le mal est une notion floue.

Nous sommes sur le point de nous remettre à marcher lorsqu'un homme en uniforme et casquette de chauffeur passe les portières en plastique d'un pas traînant avant de parcourir la salle des yeux. Une grande femme, grosse et blonde, vêtue d'un manteau en peau de léopard, s'empresse derrière lui, et je jurerais que je l'intéresse plus que les papillons.

— C'est Mme le maire, m'informe Ellie.

J'étudie l'inconnue. À son cou pend une énorme chaîne dorée en grande partie cachée par son manteau de fourrure. Que vient faire cette femme ici ?

— Mme le maire, répété-je. On dirait plutôt un...

Faute de terme poli, je m'arrête là.

— Un sapin de Noël de mauvais goût ? suggère Ellie. Tu ne te souviens pas qu'elle a remporté les élections l'été dernier ? Papa a été surpris ; elle et son chauffeur ne vivent ici que depuis trois ans.

Je poursuis mon observation. Le chauffeur ressemble à ces hommes qui traînent devant les bureaux de PMU ; son costume gris est tout fripé et ses cheveux sont trop longs.

— Tu veux dire que c'est elle qui dirige le conseil municipal ? marmonné-je.

— Oui, murmure Ellie. D'après Papa, son élection était louche. Il pense que le vote a été truqué, mais personne ne peut plus le prouver.

Il n'y a qu'Ellie pour détenir ce genre d'informations. Sur un haussement d'épaules, je lui fais signe de me suivre et nous passons des papillons d'Afrique à ceux d'Amérique du Sud.

— Bref, reprend Ellie. Ce que je pense de ta question, c'est que tout dépend de ce qu'on vole, et pourquoi on le fait. Comme quand on ment.

— Tu veux dire que, dans certains cas, voler n'est pas si mal que ça ?

— Oui et non. Dans le cas de ton père, on ne sait pas vraiment ce qu'il a volé, ni à qui.

Cette Ellie, elle pense à tout.

— C'est vrai, dis-je.

Je donne un coup de pied à un genre de champignon qui pousse dans un tronc. Il en sort un liquide jaunâtre comme du pus qui se déverse sur ma chaussure. Bien fait pour moi, j'avais qu'à ne pas voler de bonbons.

— En fait, je ne parlais pas nécessairement de mon père, avoué-je dans un filet de voix.

— Ah bon ? s'étonne Ellie en poussant les portes qui délimitent l'autre entrée de la maison aux papillons. De qui voulais-tu...

Elle s'interrompt au beau milieu de sa phrase.

Nous sommes à l'arrière du zoo et l'air est soudain humide et frais. Devant nous se trouve un minuscule bassin en béton, dans lequel se pressent trois manchots. Ils ont l'air très, très tristes.

Ils l'ont toujours été, sauf qu'avant, ils étaient dans un bassin plus grand ; j'en suis certaine. On dirait que le béton a grignoté peu à peu leur espace, sans compter qu'il ne reste plus que trente centimètres d'eau environ au fond du bassin.

Par chance, il pleut, sinon ils ne pourraient jamais se mouiller entièrement.

Nous nous avançons vers la barrière, soudain rejointes par Mme Gayton.

— Les pauvres, bredouille Ellie, atterrée. On dirait qu'ils sont en prison.

— Comme ton père ! me lance Mme Gayton avec un plaisir non dissimulé. La différence, c'est qu'eux ne le méritent pas.

Je ne bronche pas. Toutefois, je bats en retraite en me glissant furtivement le long de la barrière pour mettre autant de distance que possible entre moi et ma chère institutrice.

— C'était méchant, décide Ellie.

— Oui, murmuré-je. Dommage qu'elle ne soit pas à la place des manchots.

Nous faisons le tour de l'enclos. Il est vraiment minuscule, plus petit que notre salon.

— C'est horrible, dis-je à Ellie.

— C'est surtout injuste, répond-elle.

— On devrait intervenir, décidé-je.

— Oui, approuve Ellie avec hésitation. Mais comment ?

Toy Story contre Oncle Derek

Le soir venu, ma culpabilité me rattrape et je ne suis plus qu'une boule de nerfs. Tel père telle fille, deux heureux voleurs dans le même repaire. Peut-être Maman est-elle aussi un cambrioleur ? J'aimerais tellement passer une soirée avec Maman sur le canapé, à regarder avec elle un de ces films à l'eau de rose qu'elle aime tant, à manger des sandwichs au beurre de cacahuètes et à boire des milkshakes à la banane. Autant pour moi : je suis avec Ellie et Oncle Derek.

Maman est au travail et Oncle Derek est là pour nous surveiller, Syd et moi.

« Surveiller » est une exagération. Il s'affaire surtout à cuire quelques saucisses et à se bagarrer avec Syd dans la salle de bains pendant qu'elles brûlent.

Ils sont toujours en haut. D'après ce que j'entends, Syd fait de la résistance. Il a déjà eu recours aux instruments de guerre ordinaires et j'imagine qu'il essaie maintenant la tactique romaine. Ils utilisaient des vaches mortes et des boules de feu dans leurs catapultes. Syd a recours au bain moussant et au déboucheoir à ventouse. L'effet est identique : Oncle Derek renonce et le laisse sortir de la baignoire.

Quand il s'agit d'Oncle Derek, mon petit frère déploie des trésors d'énergie inattendus.

— Mme Gayton a encore été horrible aujourd'hui, annonce Ellie à son père tout en glissant un œil discret vers les saucisses grillées.

— Hum... fait Oncle Derek, qui enfonce une cuillerée de pomme de terre dans la bouche de Syd.

— Oui, poursuit Ellie. Comment fais-tu pour la supporter, Scarlett ? Elle est infecte quand elle parle de ton père.

Je hausse les épaules et enfourne mes petits pois. J'apprécie la bienveillance d'Ellie, mais j'aurais préféré qu'elle ne parle pas de Mme Gayton. Trop tard.

— Vraiment ? demande Oncle Derek en me regardant droit dans les yeux. Cela lui arrive-t-il souvent ?

Si je réponds, je vais fondre en larmes, alors je me tais et je baisse le nez vers mon assiette.

Non sans grimacer : les saucisses sont irrécupérables.

Une fois Syd enfin au lit, Oncle Derek nous rejoint devant la télé. C'est au moins la six millionième fois que nous regardons *Toy Story*, mais comme il ne nous laisse rien voir qui ne soit « tout public », nous n'avons le choix qu'entre ce film ou *Barbie on Ice*. Alors, je tâche de me concentrer ; Ellie, elle, est concentrée sur sa console.

À l'écran, les jouets se sont échappés, mais seulement pour atterrir sur le tapis roulant qui les conduit tout droit vers la fosse de réception des déchets.

À côté de nous, Oncle Derek court sur place armé d'un chronomètre.

— Vingt et un, vingt-deux, vingt-trois, halète-t-il.

Les jouets basculent dans la fosse.

Oncle Derek s'arrête de courir et prend son pouls.

— Cinquante-cinq, cinquante-six.

Cramponnés les uns aux autres, les jouets s'enfoncent peu à peu dans le four d'incinération.

Oncle Derek se remet à courir.

Les jouets font leurs adieux – quand Maman regarde le film avec nous, c'est à ce moment-là qu'elle se met à pleurer.

— Trente-neuf, quarante, quarante et un... ouf, fini, souffle Oncle Derek en se laissant tomber dans le fauteuil.

Les extra-terrestres en plastique sauvent les jouets avec une grosse pince. Je ne sais pas vraiment ce que Oncle Derek a « fini », mais je suis ravie.

Il est agaçant tout de même. Pas vraiment comme baby-sitter, mais pour tout le reste...

J'ai environ une minute de paix pendant qu'il « mesure son taux de récupération ». Je me laisse de nouveau happer par le film.

Les jouets reviennent chez eux, tout va rentrer dans l'ordre.

— Je rêve ! lance soudain Oncle Derek en sautant sur ses pieds.

Je fixe l'écran. J'espérais tellement voir la fin du film sans être dérangée. Malheureusement, il bondit comme un fou.

Même Ellie lève le nez.

— D'où sort cette trousse ? ! s'écrie-t-il d'une voix qui s'étrangle.

Il vient de littéralement plonger dans mon sac d'école.

— Papa, qu'est-ce qu'il t'arrive ? s'enquiert Ellie.

— Je parle de ça ! répond-il en brandissant la trousse à outils de Papa.

— Qu'est-ce que c'est ? demande Ellie.

Tous deux m'étudient d'un air interrogateur.

Zut. J'avais laissé mon sac ouvert.

Je garde les yeux rivés sur l'écran de la télévision, mais je sens que je rougis de la racine de mes cheveux jusqu'au menton.

— C'est à mon père, bredouillé-je.

— Ça, je m'en doute, réplique Oncle Derek. Est-ce que ta mère les a depuis longtemps ?

Le problème a l'air sérieux. Il paraît très inquiet, alors je prends mon temps avant de répondre.

— Non, déclaré-je enfin. C'est le notaire de Papa qui les a apportés.

— Qu'est-ce que c'est ? répète Ellie.

Oncle Derek me regarde durement.

— Ta mère est au courant ?

Je hausse les épaules. Il n'a pas besoin de le savoir, cela ne le concerne pas.

— Hum... fait-il.

Il place la trousse à outils sur l'accoudoir du fauteuil et se rassied.

À l'exception de Woody et Buzz, qui entrent et sortent de boîtes en carton dans l'écran de la télévision, tout le monde fixe l'objet du délit.

En dehors d'une pointe rose sur chacune de ses joues, Oncle Derek est devenu blanc.

— Sais-tu à quoi ils servent ? me demande-t-il.

Je tourne de nouveau la tête vers l'écran. Il finira peut-être par s'en aller si je ne m'intéresse pas à lui.

Lentement, très lentement, il déroule l'étui et l'étale sur le sol. Les crochets, reluisants, apparaissent. Bien que je m'en sois servi, j'en profite pour les examiner une nouvelle fois. En gros, je confirme, ils sont longs, minces et durs. Oncle Derek en prend un qui ressemble à une clé. Plus précisément, l'extrémité ressemble à une clé, le reste à une scie. Je n'avais pas remarqué celui-ci.

— C'est une clé de frappe, nous apprend-il en saisissant maintenant le crochet le plus long. Et ça, une clé de tension, très pratique pour les serrures à mortaise.

— De quoi parles-tu ? s'inquiète Ellie, dont le regard va et vient entre son père et moi.

L'expression d'Oncle Derek trahit de l'affolement à la confusion en passant par la tristesse avant de se voiler d'épuisement. Il consulte sa montre.

— À quelle heure ta mère a-t-elle dit qu'elle rentrait ?

Oncle Derek vend la mèche

Nous sommes tous les trois assis sur le canapé devant les crochets alignés. Oncle Derek nous a proposé un autre film, interdit aux moins de douze ans cette fois, mais Ellie n'allait pas se laisser acheter si facilement. Je voudrais vraiment qu'il s'en aille ; il ne parvient même plus à rester assis plus d'une seconde. On dirait qu'il est monté sur ressorts. En outre, il ne cesse d'appuyer sur le bouton de son chronomètre.

Clic, clac, clic, clac, clic, clac.

— Scarlett, que sais-tu de ton père ? me demande-t-il alors qu'il s'est levé pour la énième fois et saute d'un pied sur l'autre.

— Il était en prison, marmonné-je.

— C'est tout ? C'est tout ce que tu sais ? Tu n'as jamais rien entendu d'autre à son sujet, de personne ?

Même pas de ta mère ? Tu penses que ton père était un criminel ?

Je réponds oui d'un signe de tête.

— Bon, semble-t-il conclure.

Où veut-il en venir ? Je dois creuser le sujet, en feignant la prudence et la confiance en moi. Je lui tends une perche.

— Enfin... Maman m'a raconté d'autres choses...

Il mord à l'hameçon.

— Comme ? s'enquiert-il.

Je regarde Ellie d'un air éloquent, comme si j'étais la détentrice d'un gros secret. Pendant ce temps, je ratisse mes souvenirs afin d'y trouver ne serait-ce qu'un détail qui pourrait persuader Oncle Derek que je sais tout sur mon père. Que m'a appris Maman ?

— Elle m'a dit qu'il n'était pas complètement mauvais et que les cambriolages n'étaient pas sa seule occupation, annoncé-je sur un ton que je veux plein d'assurance.

— Bon, fait Oncle Derek.

Il se rassied dans son fauteuil et recommence à appuyer sur le bouton de son chronomètre.

En dehors du clic-clac que la répétition de son geste produit, le silence s'installe. Oncle Derek m'a-t-il crue ? Pour m'occuper, je contemple mes ongles.

— Donc, ce sont des outils de cambrioleurs ? s'informe Ellie en les retournant un à un pour les étudier.

Son père confirme d'un signe de tête et poursuit :

— Oui, ma chérie, ils servent à forcer les serrures. Le père de Scarlett en avait probablement plusieurs jeux. Ils étaient nécessaires à l'exercice de son métier. En quelque sorte.

— Comment ça « en quelque sorte » ? s'étonne Ellie.

— Pour rien, Ellie, pour rien... je suis juste surpris de les voir ici.

Pourtant, il est évident qu'il meurt d'envie d'ajouter quelque chose.

Pour m'empêcher de parler, je me concentre sur le tapis. Mon regard est si intense qu'il le ferait fondre s'il était en acier. Le résultat est probant : je reste muette.

— En réalité, j'ai des raisons de dire « en quelque sorte », lâche enfin Oncle Derek. Mais Scarlett, tu préfères peut-être que j'attende le retour de ta mère pour en parler ?

Je m'empresse de faire non de la tête et Ellie m'imite, car elle est aussi curieuse que moi.

— Ça ne me dérange pas, déclaré-je sans décoller les yeux du tapis. Vous pouvez parler devant Ellie.

Certes, Oncle Derek est agaçant, mais cette fois – juste cette fois –, je suis prête à l'écouter. Il pourrait me dévoiler un détail intéressant sur mon père.

Comme aucun son ne sort de sa bouche, je prends le risque de lever la tête. Oncle Derek est suspendu au chambranle de la porte.

— Vraiment ? me répond-il enfin.

Nouveau signe de tête de ma part.

— Allez, Papa, dis-moi ! s'impatiente Ellie.

Oncle Derek se laisse retomber par terre et masse ses abdos. Il consulte son chronomètre encore une fois. Peut-être minute-t-il notre conversation.

Finalement, il s'assied.

— Donc, ta mère t'a tout expliqué ? s'assure-t-il auprès de moi.

J'essaie de prendre un air las et je soupire ostensiblement au lieu d'ouvrir la bouche et de prendre le risque de me trahir.

— Son père a fait quelque chose de vraiment mal ? se renseigne Ellie, qui n'en peut plus d'attendre. Il a tué quelqu'un ?

La tête d'Oncle Derek pivote sur son cou comme une toupie et ses yeux se posent sur sa fille.

— Mais NON, enfin ! tonne-t-il. Bien au contraire. Il a sauvé des vies, partout où il allait.

Sauvé des vies ?

Je continue de ne rien dire, les yeux toujours rivés sur le tapis, mais je suis tout ouïe.

— Comment ça ? s'étonne Ellie.

Je hausse les épaules.

— Vous pouvez lui dire, soufflé-je à Oncle Derek en essayant de ne pas trahir mon excitation.

— D'accord, accepte-t-il. Voilà ma chérie : as-tu déjà entendu parler de la loi sur les secrets officiels ?

— Celle qui oblige à ne rien révéler de certaines actions du gouvernement ?

— Oui, soupire Oncle Derek, c'est à peu près ça. En gros, certains agents de l'État qui ont travaillé sur des sujets sensibles sont censés garder le silence si ces affaires sont classées secrètes. Leur conjoint et leur famille sont soumis à la même règle. La mère de Scarlett entre dans cette catégorie, précise-t-il en me regardant.

Je lève les yeux du tapis. Stupéfaite, Ellie a fixé les siens sur son père.

— Donc le père de Scarlett travaillait pour le gouvernement ? se renseigne-t-elle encore.

— Oui, et pas qu'un peu, confirme Oncle Derek.

— Pourquoi l'ont-ils envoyé en prison alors ? s'étonne Ellie.

— Il n'y est jamais allé, révèle Oncle Derek à qui c'est le tour de regarder le tapis, apparemment au même endroit que moi. En réalité, il partait pour des missions top secrètes dans le monde entier. La prison lui servait de couverture pendant ces périodes-là. Une couverture parfaite. Il y était enregistré sous le faux nom de Richard McNally dit « le rapide », détenu prétendument placé à l'isolement.

Ellie pousse un petit cri de surprise. Je ne peux pas l'imiter, alors je me lève comme si mes jambes voulaient quitter la pièce.

— Donc, en effet, il volait, continue Oncle Derek. Mais pas dans le sens où on l'entend habituellement. Il volait pour le compte du gouvernement. Il volait des secrets. Il... rapatriait des choses. C'était un cambrioleur agent secret si tu préfères. La mère de Scarlett était au courant, mais elle n'a le droit de le dire à personne, même maintenant, sinon elle serait accusée de violer cette fameuse loi sur les secrets officiels.

Je me rassieds, ou plus exactement, je flageole sur mes jambes.

— Pourquoi l'a-t-elle avoué à Scarlett alors ? s'enquiert Ellie.

Je m'immobilise, convaincue qu'Oncle Derek va me poser la question.

— C'était son père, il paraît normal qu'elle le fasse, répond-il avant de se tourner vers moi pour me demander : Quand te l'a-t-elle dit ?

Le temps que je respire profondément, Ellie poursuit :

— Pourquoi raconter qu'il volait des bijoux alors ?

— Parce qu'il a peut-être commencé sa carrière de cette façon. Mais peu importe. Le fait est que le père de Scarlett était un cambrioleur international de coffres-forts, excellent d'ailleurs, et qui a cessé de se trouver dans l'illégalité quand il a commencé à œuvrer pour le gouvernement...

Je me relève et attrape une photo de Papa que Maman a placée sur le piano. Il se prélasse sur le canapé, souriant, décontracté. Il a l'air ordinaire.

Un espion ?

Cette journée se révèle de plus en plus étrange. Ellie continue d'interroger son père et lui pose enfin la question qui me brûle les lèvres depuis un moment.

— Comment se fait-il que tu sois au courant ?

Oncle Derek enclenche et arrête son chronomètre pour la énième fois.

— Par... déduction et par recoupements, ici et là...

Cette fois, je plante mes yeux sur lui.

— Je ne te crois pas, lui réplique Ellie. Tu nous as dit que ceux qui avaient signé cette loi sur les secrets officiels n'avaient pas le droit de parler. Est-ce que ça signifie que tu l'as signée aussi ?

Oncle Derek devient rouge comme une tomate.

— D'une certaine façon, oui, admet-il, les yeux baissés vers le tapis. Le père de Scarlett faisait partie de mon travail.

— De quelle façon exactement ? lui demandé-je.

Je me remémore le jour où Oncle Derek est apparu brusquement dans ma vie, le jour où tout s'effondrait ; et comment il est vite passé prendre le thé, avec Ellie.

— Il vivait dans mon secteur, me répond Oncle Derek. J'étais donc obligé de savoir que ce n'était pas un vulgaire voleur de bijoux, mais un véritable espion, sinon pour toute enquête sur un cambriolage, j'aurais frappé à la porte de Carole au lieu de rechercher la piste du vrai criminel.

Oncle Derek paraît très satisfait de sa réponse.

— Alors ça... souffle Ellie.

— Sans compter que... il avait des ennemis, ajoute-t-il.

— Des espions venus d'autres pays ? s'émerveille Ellie.

— Des gangsters plus que des espions, et pas tous internationaux. Certaines de ses missions étaient localisées en Grande-Bretagne et elles ont parfois perturbé les opérations de dangereux individus. L'espionnage n'est pas qu'une affaire de gouvernement. Il permet aussi de mettre au jour la corruption et de contrecarrer les violations manifestes de la loi. Après un gros casse dans une bijouterie de South London, Richard McNally a réussi à récupérer le butin au nez et à la barbe des cambrioleurs.

Oncle Derek se met debout et donne quelques coups de poing imaginaires dans le vide, comme pour terrasser un criminel invisible.

— On les appelait le Gang de Queenie, reprend-il. Ils n'ont pas apprécié que Richard McNally se mêle ainsi de leurs affaires et ils l'ont inondé de menaces. En tant qu'officier de police, j'étais forcé de garder l'œil. Richard McNally a toujours été vulnérable, ils le connaissaient tous, et il fallait donc qu'on vous protège, toi, Scarlett, et ta mère, précise-t-il en me regardant.

— Ça alors, s'étouffe Ellie. Tu veux dire que quelqu'un pourrait vouloir du mal à Scarlett à cause de son père ?

— Oui, confirme Oncle Derek. Mais plus maintenant, tout ça, c'est du passé... Remarque, je suis surpris que ce notaire t'ait apporté ces outils. Est-ce qu'il y avait autre chose avec ?

Les yeux rivés sur Ellie, je réponds :

— Non.

C'est au tour d'Ellie de se concentrer sur le tapis. À mon avis, elle n'aime pas mentir.

— Ça me rassure un peu, répond-il. J'avais des doutes, parce que le bruit court que ton père était toujours payé en diamants.

— Pourquoi ? demandé-je.

— Tu n'étais pas au courant ? s'étonne Oncle Derek, le sourcil arqué.

— Non, dis-je en toute sincérité.

— Oh... fait Oncle Derek.

Il soupire et reprend :

— Si c'est vrai, ce qui est peu probable, il les a peut-être mis de côté en prévision des jours de vache maigre. Les diamants sont plus petits que des lingots d'or et plus sûrs que des comptes en banque. Et puis, ils passent partout à l'international. Le problème, c'est que ton père n'a jamais eu la nécessité de s'en servir et qu'il n'a révélé à personne où ils se trouvaient ni s'ils existaient réellement.

Ellie et moi fixons l'écran blanc de la télévision, les yeux pleins de diamants cachés.

— Comment est-il mort ? se renseigne Ellie.

Oncle Derek me glisse un regard de côté.

— Il est tombé d'une falaise au volant de sa voiture, répond-il dans un souffle. D'après des témoins, il était poursuivi. À la dernière minute, il a braqué le volant et s'est jeté dans le vide.

J'ai froid dans le dos.

— Exprès ? insiste Ellie.

— Qui sait, conclut Oncle Derek.

Il consulte sa montre pour la énième fois.

— Bon, je vous en ai déjà trop dit. C'est l'heure d'aller au lit, nous ordonne-t-il.

Les framboises acidulées n'ont pas toujours bon goût

— Des diamants... Il a bien dit « diamants », n'est-ce pas ? demande Ellie.

— Oui, confirmé-je. Mais il a précisé que c'était une rumeur, tu te souviens ? Je ne vois pas comment ils pourraient exister.

— Est-ce que tu connaissais tous ces détails sur la vie de ton père ?

Les yeux rivés sur le sommier au-dessus de moi, je réfléchis.

— Non et, à mon avis, le tien n'était pas censé nous en parler.

— Probablement pas, acquiesce Ellie. Mais ne t'inquiète pas. Tu n'as pas réellement menti. C'est lui qui nous a fourni toutes ces explications de son plein gré.

— Vrai... marmonné-je.

J'ai la tête ailleurs. Je pense à Papa. Ce n'était donc pas un criminel récidiviste, mais un agent secret. La prison lui servait de couverture pendant qu'il escaladait incognito des fenêtres d'ambassades pour « récupérer » des documents. Mon père n'était pas un véritable cambrioleur.

Et il ne volait pas de bijoux, il les recevait en paiement de son travail.

Donc, il était honnête.

Oui ! Mon père était honnête.

Ce n'était pas un voleur, mais un héros... en quelque sorte.

Sa mémoire devrait être célébrée, pas balayée sous le tapis.

Je remonte le policier torche pour éclairer le sommier au-dessus de moi.

Regarde toujours plus haut, Scarlett, continue la gymnastique, et ne fais pas confiance à N'IMPORTE QUI.

C'était quelqu'un de bien, mon père.

Je dirige la torche vers la petite boule à facettes suspendue à ma fenêtre. Elle oscille dans la brise et des éclats de lumière étincellent sur les murs.

Je me mets sur le côté et je prends une framboise acidulée. Mélangé au dentifrice, son goût est écœurant. Mais au moins, elle crépite. Je la tourne et la retourne avec ma langue jusqu'à y perforer un petit trou. Alors je croque fort et elle se brise en plusieurs morceaux qui viennent se coller sur mes dents.

Je devrais savourer, mais je n'y parviens pas, car je me suis trompée dans ma conclusion. Je pensais que Papa était un cambrioleur héritier d'une longue tradition et j'en ai déduit qu'il voulait que j'en sois un aussi. Or il est impossible qu'il ait eu cette intention.

Idiote.

Idiote que je suis.

Et maintenant ?

La boîte. Elle signifie autre chose, forcément. Il ne me l'a pas envoyée pour que je vole, mais pour que je trouve. Voulait-il simplement que je parte à la recherche de la serrure qui acceptera la petite clé ? Est-ce aussi simple que cela ?

Je sens le petit objet métallique à mon cou. Une clé est un moyen honnête d'entrer quelque part.

Je repense à la façon dont je suis « entrée » dans le magasin de bonbons et je suis pleine de remords.

Je n'ai rien compris.

Personne n'a rien compris. Tous ces gens, et je pense notamment à Mme Gayton qui répète à l'envi que Papa est un voleur, se sont fourvoyés.

Pourtant, je ne peux pas leur révéler la vérité, à cause de cette histoire de secrets officiels ; en outre, Maman comprendrait qu'Oncle Derek a vendu la mèche.

Zut.

Je promène le faisceau de la lampe torche d'un bout à l'autre du plafond ; il y apparaît soudain la main d'Ellie, qui pend du lit.

Elle sait, et son père sait, que le mien était un homme bien. Certes, elle est prodigieusement assommante avec son matériel électronique et ses musiques cacophoniques, mais elle a toujours été sincère. Toujours gentille. Et si j'essayais de suivre son exemple ?

Je pourrais m'efforcer d'être honnête et d'agir comme Papa souhaitait que je le fasse. Je pourrais tenter d'aider des personnes et utiliser les crochets à cette fin.

Si j'en ai le courage.

Confession

Les yeux bleu clair d'Ellie sont écarquillés.

— Non, tu n'as pas fait ça ! C'est affreux !

Je confirme d'un signe de tête et suis à nouveau prise de nausée. Avouer à voix haute est le pire qui soit ; c'est sans doute pour cela qu'il m'a fallu trois jours avant de me confesser.

— Je croyais que tu étais bizarre à cause de ton père, pas parce que tu avais...

Elle ne réussit même pas à prononcer le mot.

— Scarlett, tu as commis un crime.

— Je sais, dis-je en me lavant les mains pour la énième fois.

— Qu'est-ce qu'il t'a pris ? T'es complètement... folle, vraiment !

— Je sais.

Je cherche un bout de serviette qui ne soit pas écœurant de saleté pour me sécher les mains.

La sonnerie retentit.

Fini la récréation. C'est l'heure de sortir de notre cachette dans les toilettes. Nous entrons en classe.

— Quoi qu'il arrive, ils t'enverront en prison.

— Quoi ?

— Oui. Dix ans, c'est l'âge de la responsabilité pénale. Dès que tu as dix ans, tu peux être incarcéré.

— Vraiment ?

— Ça me fait penser au brodequin.

— Le brodequin ?

— Oui, une torture. Ils mettent ton pied dans une chaussure métallique qu'ils remplissent de sciure et d'eau.

Les sorcières se rapprochent sur notre gauche.

— Ton pied finit par se détacher de ta jambe et tu meurs de septicémie.

— Aujourd'hui, dans les prisons ?

— Non, au XVe siècle.

— Silence ! ordonne Mme Gayton. Installez-vous.

Elle est assise à son bureau, l'air pincé.

Quand elle rentre ses joues, les poils de son menton se redressent et elle ressemble plus à une pomme de terre qu'à une institutrice.

À mon avis, ce n'est pas une dame, mais un monsieur. Elle n'a pas un gramme de féminité en elle. En fait, c'est peut-être vraiment une pomme de terre.

Je scrute son menton. Aujourd'hui, les poils y sont encore plus nombreux que d'habitude. Elle enseigne depuis le siècle dernier, ou plus précisément elle n'enseigne pas : je n'ai jamais rien appris avec elle.

Les doigts noueux de sa main gauche pianotent sur son bureau. De l'autre main, elle tient un stylo-bille qu'elle serre au point de le casser en deux.

Je me demande s'il lui est arrivé de voler. Elle a confisqué des tas d'objets dans notre classe ; et aucun ne revient jamais. Appellerait-on cela du vol ? Ils ne l'ont pas envoyée en prison, pas encore en tout cas.

Lorsque Mme Gayton a donné son ordre, Ellie s'est bien sûr assise sans attendre, et au premier rang, les yeux rivés sur sa face de pomme de terre. Pour ma part, j'ai choisi une chaise au fond de la classe, avec les garçons. Sam Lewis s'est poussé un peu pour me faire de la place. Les sorcières, elles, se sont installées en ricanant juste derrière Ellie. Celle-ci les a ignorées, comme toujours, même si ses épaules se sont raidies. Mme Gayton dit que le harcèlement n'existe pas.

C'est parce que Mme Gayton s'inspire d'enseignants venus de Mars, pas de ceux qui vivent sur notre planète Terre. Je suis sûre que les enseignants sont censés écouter les enfants et donner l'exemple.

J'irais bien rejoindre Ellie devant, mais je ne connais jamais aucune des réponses aux questions posées, alors je me sens plus en sécurité avec les garçons. Je parie que la plupart d'entre eux ont déjà volé quelque chose.

D'ailleurs, je sais que Sam Lewis s'est fait prendre la main sur un sac de chips au supermarché l'an dernier. Il n'a pas été incarcéré et il a l'air assez heureux.

Mon regard se tourne vers la fenêtre. Si on ne m'envoie pas en prison comme Ellie le pense, je ferai le bien autour de moi. Et même si je vais en prison, je ferai le bien. Je dois utiliser les crochets de Papa pour aider à ce que le monde soit meilleur.

Des gouttes de pluie apparaissent sur le carreau de la fenêtre.

Des diamants.

Je caresse la petite clé autour de mon cou ; elle pourrait ouvrir un instrument de musique ou une mallette.

Nous n'avons pas d'instrument de musique à la maison.

Ni de mallette.

Et *Autant en emporte le vent* ? Qu'est-il censé me dire ?

Je me promets de ne plus penser aux diamants, puisqu'ils n'existent certainement pas et que, s'ils ont existé à un moment, ils reposent désormais au fond de la mer du Nord avec Papa.

Après l'équivalent d'une éternité, tout le monde finit par se taire, plus ou moins. À force d'aspirer ses joues, Mme Gayton a presque avalé sa bouche et doit faire tout un tas de contorsions avant de pouvoir parler.

— Écologie... dit-elle enfin. Que signifie ce mot ?

La main d'Ellie se lève instantanément.

— Madame, madame !

Personne d'autre ne bouge. La babine supérieure de Mme Gayton se retrousse et elle parcourt la classe des yeux.

Ellie s'impatiente, elle veut donner sa réponse. Derrière elle, les sorcières se tordent de rire. Comme tout le monde d'ailleurs. Les garçons, qui en général ne remarquent rien, commencent à ricaner, eux aussi.

Finalement, sans même la regarder, Mme Gayton soupire :

— Vas-y, Ellie, fais-nous profiter de tes perles de sagesse.

— L'écologie, madame, c'est le rapport entre une créature ou une plante et son environnement.

Mme Gayton acquiesce d'un signe de tête las.

— Presque, précise-t-elle. C'est *l'étude* du rapport entre un organisme vivant et son environnement.

Melissa, sorcière en chef, plisse le nez, le pointe en l'air, et approche des doigts crochus du dos d'Ellie.

— Bien, reprend Mme Gayton. Si... je dis bien si... vous en êtes capables, je veux que vous réfléchissiez au lien entre les animaux que vous avez vus lundi dans notre excellent zoo et l'environnement dont ils sont issus. Par exemple, pourquoi les flamants sont-ils roses ?

Je repense aux manchots dans leur triste maison de béton. Au panneau « Vie marine » en lettres bleues craquelées peintes sur un fond marron en galets et coquillages. Ellie a comparé l'enclos à une prison. Pourrais-je passer le restant de ma vie dans un lieu semblable ?

Je serais obligée de dormir sur un banc en béton qui sent le poisson.

J'imagine Mme Gayton en train de me lancer des sardines qu'elle prend dans un seau.

Je déteste les sardines.

À quoi pensaient les responsables du zoo quand ils ont décidé de placer ces pauvres manchots dans ce réduit ? Je doute qu'il leur rappelle l'Arctique... ou l'Antarctique, je ne sais plus. Je m'imagine dans le froid. Dans un immense espace vide recouvert de glace et de neige, que je survole comme si j'étais une de ces caméras qu'ils montent sur des hélicoptères pour filmer la vie sauvage. Je rase les icebergs et, soudain, je découvre des manchots qui plongent gaiement de la banquise dans des eaux turquoise cristallines.

J'en dessine trois.

Ils portent des colliers de diamants.

Puis je gomme mon croquis.

Pour Mme Gayton, le dessin est une activité de faible, signe que l'on pense, et elle n'aime pas les gens qui pensent.

En outre, les diamants ne sont qu'une rumeur.

— Ellie !

Je lève la tête. À l'avant de la classe, Ellie se contorsionne sur sa chaise en essayant d'attraper quelque chose dans son dos.

— Je suis désolée, madame, mais...

Les sorcières sont écroulées de rire. Mme Gayton, elle, a de nouveau avalé ses joues et fusille Ellie du regard. Je ne vois pas ce qui se passe, mais il y a un problème, c'est évident.

Mme Gayton se lève, elle bout de rage.

— Dehors, Ellie ! Et reprends-toi ! tonne-t-elle.

Elle se dirige vers la porte en tapant du pied.

— Dehors ! répète-t-elle en ouvrant la porte. Tout de suite !

Ellie obéit en se frappant la nuque avec les deux mains comme une folle. Elle trébuche, tourne la tête pour essayer de voir ce qu'elle a dans le dos, sans y parvenir bien sûr. C'est vrai qu'elle a l'air ridicule et la classe entière éclate de rire.

Les bonbons à l'anis ne se vendent que par six

— Des perce-oreilles, déclare Ellie.

— Des perce-oreilles ? répété-je.

— Oui, une fois aux toilettes, j'ai ôté mon pull-over et il en est tombé tout un tas.

— C'est dégoûtant, dis-je en fermant la porte d'entrée.

— Oui, confirme Ellie.

Elle me tient le portail et nous prenons le sentier qui longe l'aérodrome vers la ville. Il a cessé de pleuvoir, mais les haies gouttent et le chemin est boueux.

— Melissa t'a mis des perce-oreilles dans le pull... marmonné-je.

Je suis en colère, contre Melissa, mais contre moi-même aussi. Je m'en veux de ne pas être intervenue. Je savais qu'il y avait un problème et je n'ai rien fait.

— Tu devrais le dire à Mme Gayton, suggéré-je. Ou à Mme Mason.

Ellie tourne vers moi ses grandes lunettes bleues.

— Non, répond-elle d'un air déterminé.

— Mais... Ellie, ce qu'on t'a fait est injuste.

— Elles sont bêtes, déclare-t-elle, rien de plus. Ça leur passera.

Nous escaladons la clôture.

— Tu penses parler comme ton père, dis-je, mais lui ne se laisserait pas faire.

Ellie se tourne vers moi ; elle a les larmes aux yeux.

— Scarlett, si tu racontes cette histoire à qui que ce soit, je ne serai plus jamais ton amie.

Muette d'étonnement, je la dévisage pendant un moment. Elle ne sera plus mon amie ? Je pensais être celle qui lui offrait mon amitié. J'essaie de réfléchir en me mettant à sa place et j'arrive rapidement à une conclusion.

— C'est promis, je n'en parlerai à personne.

— Très bien. Maintenant, rapportons ce que tu as pris au magasin.

Ellie est convaincue que si je rends ce que j'ai volé, j'arrêterai d'avoir la nausée. J'ai proposé de tout renvoyer par la poste ou de tout déposer dans la boîte aux lettres une fois le magasin fermé, mais elle m'a dévisagée un long moment sans rien dire et je me suis résignée. Nous sommes rentrées à la maison, j'ai rassemblé les bonbons et voilà, j'ai tout dans mon manteau, à l'exception des framboises ; il ne m'en restait qu'une et nous avons décidé que je n'irais pas en prison à cause d'elle.

Le problème, c'est qu'il n'est pas si facile de remettre des objets à leur place dans un magasin sans se faire remarquer.

Surtout quand ce magasin est vide et que la vendeuse derrière le comptoir vous observe d'un œil noir comme si elle était persuadée que vous étiez sur le point de la voler.

— Je peux vous aider ? nous demande la femme en nous regardant par-dessus ses lunettes.

Elle ressemble énormément à Mme Gayton. C'est certainement une de ses proches parentes, qui sait certainement que je suis une McNally et qui me déteste certainement pour cette raison.

Ellie s'immobilise. J'aimerais bien avoir son calme, mais je m'agite et triture dans ma poche l'argent que maman m'a donné pour la semaine prochaine.

Je regarde les étagères murales derrière la femme et je remarque un grand bocal sur celle du haut.

— Je voudrais des berlingots, s'il vous plaît, dis-je.

— Cent grammes ?

La femme me jauge une nouvelle fois par-dessus ses lunettes, puis se tourne. En une seconde, elle se perche sur un escabeau, attrape une poignée de berlingots et les pèse sur une balance.

— Et des bonbons à l'anis, ajouté-je après avoir examiné les bocaux sur l'étagère la plus basse.

— Combien ? me demande la femme en replaçant le premier bocal avant de descendre de l'escabeau et de se baisser pour attraper le second.

— Dix ?

— Je ne les vends que par six.

— D'accord, alors douze.

Elle commence à les compter.

Je n'ai toujours pas réussi à replacer un seul des articles que j'ai volés. J'ai les chewing-gums à la main et j'aimerais bien les laisser tomber discrètement dans le panier qui leur est réservé.

— Autre chose ? s'enquiert la femme.

Je continue d'étudier les étagères. Certains bocaux ont l'air plus lourds que d'autres.

— Des dragées de chewing-gum bleues. Six, demandé-je.

La femme virevolte, les mains sur les hanches.

— Ceux-là, je les vends par quatre, réplique-t-elle en pointant le doigt d'un air agacé vers le bocal. Ça ne se voit pas ?

— Alors huit, s'il vous plaît.

La femme s'exécute.

Ellie me glisse deux livres dans la main.

— N'oublie pas les boules de mammouth, dit-elle à voix haute en indiquant une boîte sous le comptoir.

— Trois petites boules de mammouth, demandé-je.

— Je les vends par cinq.

La femme se met à quatre pattes pour tirer la boîte de son tiroir.

Son mouvement me donne le temps de me débarrasser des chewing-gums.

Nous dépensons dans le magasin la quasi-totalité de notre argent de poche. Pour des boules de mammouth, des berlingots, des dragées de chewing-gum bleues, des soucoupes volantes et des bonbons à la menthe. Je déteste ces derniers, mais c'est eux qui nous ont le plus aidées. Ils étaient collés les uns aux autres et la femme a passé un temps fou à les séparer. Elle a même été obligée d'aller chercher un couteau dans sa cuisine pour y arriver.

Nous sortons sur le trottoir, les poches pleines de confiseries légales. Ellie avait raison, je me sens mieux. Non seulement j'ai rendu presque tous les bonbons que j'avais volés, mais ceux que j'ai achetés m'ont coûté plus cher que le montant du butin initial.

Ellie prend une boule de mammouth.

— Où as-tu mis la torche policier ? me demande-t-elle, la bouche pleine.

— Dans l'étalage des Barbies.

Elle s'étouffe presque de rire.

Nous quittons l'allée d'un pas rapide, le cœur léger et lourd de sucre. J'ai rendu les bonbons volés, j'ai remboursé le magasin et, mieux encore même si je ne peux le dire à personne, je sais que mon père n'était pas un cambrioleur mais un vrai héros. En quelque sorte. Il faisait le bien autour de lui et je commence à suivre son exemple.

On se sent bien quand on fait le bien.

C'est sans doute pourquoi Papa a abandonné les cambriolages pour l'espionnage.

Il ressemblait plus au père d'Ellie qu'aux individus que ce dernier met sous les verrous.

Nous continuerions à marcher dans la rue si nous n'étions pas obligées de remonter sur le trottoir pour contourner une grosse voiture noire pareille à celle qui était garée devant chez moi quelques jours plus tôt. Je remarque cette fois un petit drapeau planté sur son aile avant.

— C'est la voiture de Mme le maire, me révèle Ellie. Je me demande ce qu'ils font ici. Ils n'ont même pas payé, ajoute-t-elle après avoir examiné l'horodateur.

J'observe le véhicule. Un manteau de fourrure et une veste grise sont en tas sur la banquette arrière et un gros tube de rouge à lèvres gît sur le tableau de bord.

Je remarque également sur le siège avant un dépliant du zoo, ouvert à la page des manchots. Ils ont l'air heureux sur cette photo qui ne montre pas leur minuscule bassin de béton.

— Que penses-tu des manchots ? m'informé-je auprès d'Ellie.

— Ceux du zoo ?

— Oui. Tu ne trouves pas injuste qu'ils vivent dans ces conditions ?

— Si, complètement injuste. Cruel même, sauf que je ne vois pas comment on pourrait intervenir hormis en donnant tout notre argent de poche au zoo ou en écrivant au Fonds mondial pour la nature.

Je suce un bonbon à la menthe. Dégoûtant.

— J'ai une meilleure idée, encore plus efficace, dis-je soudain. Qui permettrait de changer complètement leur vie.

— Vraiment ? s'étonne Ellie, la bouche pleine d'un nouveau chewing-gum. Laquelle ?

Je parie que Sir David Attenborough[1] n'a jamais fait ça

Il fait encore nuit quand je secoue Ellie pour la réveiller.

— Tu es sûre de vouloir m'accompagner ? lui demandé-je.

— Oui, me répond-elle d'un ton qui ne me convainc pas.

Nous descendons l'escalier à pas de loup, puis nous nous glissons dans la cuisine. J'ai pris les outils de Papa dans un vieux sac à bandoulière et je mets les bottes en caoutchouc à fleurs un peu trop grandes de Maman.

Ainsi, je me lance dans cette épopée avec mes deux parents. Ce qui ne m'empêche pas d'être terrifiée.

---

1. Chercheur naturaliste britannique. (N.d.T.)

Pour notre mission, nous avons besoin de la poussette de Syd. Nous la trouvons enfouie sous une pile d'affaires dans l'entrée. Ellie soulève le filet de badminton qui se trouve sur le dessus, sans voir les billes qui sont posées là. Ces dernières s'en vont rebondir par terre.

L'angoisse nous fige sur place.

Un craquement se fait entendre dans la chambre de Maman. Je retiens mon souffle. Elle apparaît sur le palier et se dirige vers la salle de bains.

Nous l'entendons se laver les mains, puis elle va se coucher après avoir refermé la porte derrière elle.

Je me remets à respirer.

J'attrape les couvertures qui se trouvaient sous le filet et je les étale sur le sol pour amortir toute nouvelle chute d'objet non identifié. Ellie se charge de diriger la poussette.

Dehors, seul un mince croissant de lune éclaire notre chemin. Personnellement, j'y vois suffisamment ; Ellie est obligée de se repérer aux bandes blanches sur mes tennis.

La nuit, le sentier semble plus inégal et plus long aussi, sans compter que la poussette de Syd pèse une tonne.

Alors que nous approchons de la ville, une faible lueur apparaît au-dessus de la mer.

— C'est l'aube ? s'étonne Ellie.

— Je crois que oui.

— Je n'ai jamais vu le jour se lever. C'est passionnant.

Ce qui passionne Ellie ne manque jamais de m'étonner.

Nous arrivons enfin en vue des murs du zoo, qui se détachent faiblement contre le paysage granuleux noir et blanc.

Je m'immobilise devant le portail principal.

— Pourquoi tu t'arrêtes ? siffle Ellie. Scarlett, j'ai peur. Et si quelqu'un nous voyait ?

— Ne t'inquiète pas, tout ira bien.

J'aimerais croire ce que je dis.

Sur notre gauche se trouve le bâtiment administratif. C'est là, derrière les belles portes vitrées, que sont les alarmes. La porte pour le grand public, elle, se limite à une grille fermée par un gros cadenas.

J'attrape les outils de Papa dans mon sac en bandoulière et me concentre sur la serrure.

— Qu'est-ce que tu fais ? siffle Ellie de nouveau.

— À ton avis ? J'essaie d'ouvrir !

J'insère le crochet le plus long dans le cadenas et le tourne dans tous les sens, sans résultat.

— Qu'est-ce que tu fais maintenant ? s'inquiète Ellie.

— Toujours pareil.

Je tente ma chance avec tous les autres crochets, avec la clé de frappe, puis avec un modèle mince et recourbé que je n'ai encore jamais utilisé.

Clic.

— Ça y est, j'ai réussi ! On peut y aller.

Enfin, pas vraiment, car même si nous avons passé la grille extérieure, j'ai oublié qu'il y avait des tourniquets juste après. Ils sont réglés pour laisser sortir les visiteurs ou pour les laisser entrer s'ils sont munis de pièces d'une livre, ce que je n'ai pas sur moi. Je les observe une minute. Ils n'ont pas de serrure, il n'y a aucun moyen de les fracturer. Et il est impossible de passer dessous.

— Qu'est-ce qu'on fait maintenant ? s'informe Ellie tout en se mesurant par rapport au tourniquet.

La barre du haut lui arrive juste sous le menton.

En m'aidant d'une main, je franchis le tourniquet d'un bond. L'air confus, Ellie reste immobile derrière la poussette.

— Saute, lui ordonné-je.

— Je ne peux pas, Scarlett, c'est trop haut.

— Ellie, c'est le seul moyen. Ils n'ont pas de serrure à crocheter.

Le silence s'installe. Puis j'entends bruire le tissu d'un anorak.

— Ellie, fais un effort.

— J'arrive, répond-elle d'un air soulagé. J'ai trouvé une pièce dans ma poche.

Elle la glisse dans la fente prévue à cet effet et, la poussette brandie à bout de bras, elle pousse le tourniquet qui cède devant elle.

— Voilà. Et maintenant ?

Le zoo est sinistre. Des créatures que nous ne voyons pas font des bonds dans les enclos, grognent, gazouillent ou poussent des cris. Nous ne pouvons que supposer ce qui se passe. Il nous faut ensuite traverser le tunnel quasi noir pour nous rendre dans l'autre partie des équipements. Il est bordé de chaque côté de cages à barreaux le long desquelles je sens des animaux aller et venir fébrilement.

— Hou hou, hulule quelque chose sur notre gauche.

— Oohhh... fait Ellie d'une voix craintive.

Un hurlement fou s'élève dans une autre direction.

— C'est un singe ? demande Ellie d'une voix tremblante.

— Hou oh oh hou, rit une grande silhouette sombre qui bondit si brusquement qu'elle provoque un déplacement d'air.

Cette fois, je sursaute.

Nous continuons notre avancée dans le noir. Je n'y vois pas mieux qu'Ellie et je scrute l'obscurité avec une telle intensité que mes yeux sortent presque de leurs orbites. En revanche, j'entends bien, et je sens une odeur nauséabonde – mélange d'excréments, d'urine et de mauvaise haleine.

Qui plus est, il fait chaud dans ce tunnel. Aussi, quand nous émergeons enfin de la nuit dans la partie principale du zoo, l'air nous apparaît frais et parfumé.

— Ouf, souffle Ellie.

— Comme tu dis, approuvé-je.

Nous contournons avec la poussette le panda endormi et les flamants roses, puis atteignons la maison des papillons. Elle semble horriblement sombre.

— Après toi, me dit Ellie.

Je pousse les portières plastique et je cours. Je dépasse sans m'arrêter les papillons qui dorment, les grenouilles qui rampent et les vrilles des plantes qui retombent et me frôlent le visage.

— Berk... halète Ellie derrière moi. Un truc s'est enroulé autour de mon cou.

Nous ne sommes pas loin de l'autre extrémité. Nous courons, courons, et finissons par ressortir à l'air libre.

Et là, j'ai un haut-le-cœur.

La grande évasion

C'est une véritable infection.

Je n'ai jamais senti pire odeur, exception faite peut-être dans des conteneurs poubelles ou dans les toilettes des garçons à l'école, et encore. À mon avis, ils shampouinent les manchots au kärcher avant l'ouverture des portes du zoo, parce qu'à cinq heures du matin, ils sont toxiques.

— Ouh... fait Ellie.

Je réussis à ne pas régurgiter mon dîner de la veille et je respire un grand coup avant d'enjamber le muret de l'enclos comme si m'occuper de ces oiseaux marins qui mangent des poissons au quotidien n'avait aucun secret pour moi.

Droits dans leur petit bassin, les manchots m'observent.

— Viens, petit petit... dis-je au plus jeune.

Il s'avance vers moi et je remarque qu'il regarde ma main avec intérêt.

Nous aurions dû prendre des gants.

— Essaie ça, me dit Ellie.

Elle vient de soulever le couvercle d'une poubelle qui se trouve dans le coin de l'enclos. Une nouvelle odeur, mélange cette fois de poissonnerie, de toilettes de garçons et de relents d'égouts, s'élève dans l'air calme du matin. Ellie me tend maintenant une épaisse paire de gants en caoutchouc orange. Ne respirant que par la bouche, je plonge la main dans le conteneur et la referme sur quelque chose qui fut peut-être, naguère, une sardine. Je la jette au sol.

Le petit manchot se jette dessus et l'avale d'un trait. Le grand et le moyen s'approchent pour mieux regarder.

— Vite ! dit Ellie en saisissant le plus gros par-derrière.

Il jabote, s'oublie sur les souliers d'Ellie et essaie de la mordre. Je lui ferme le bec, pendant qu'Ellie le soulève. Nous le portons jusqu'à la poussette de Syd et le clouons dans le siège avec les sangles.

— Et d'un. Aux deux autres maintenant.

— Comment va-t-on les porter ? se demande soudain Ellie.

Étonnamment, la taille de mon sweat-shirt est parfaite pour le petit manchot et l'anorak d'Ellie enveloppe le moyen sans problème. Je remplis mon sac de morceaux de poisson putrides et, mon petit invité dans mon sweat-shirt, je démarre avec la poussette tandis qu'Ellie s'occupe de son propre fardeau. Tout se passe à merveille, jusqu'à ce que nous arrivions devant le portail.

Sortir n'est pas un souci, les tourniquets fonctionnent très bien dans ce sens ; nous avons juste oublié qu'ils ne sont pas assez hauts pour la poussette. Ni pour un enfant et un manchot, ni pour un enfant et une poussette et un manchot.

Il nous faut résoudre un problème mathématique, comme à l'école lorsqu'ils vous demandent comment faire passer de la berge d'une rivière sur l'autre un loup, une chèvre et un chou sans que le premier dévore la seconde ou la seconde le dernier. Je ne sais pas par où commencer. L'idée de laisser un manchot courir en liberté dans les rues de Dampmouth Bay me glace le sang.

Zut.

Nous sommes peut-être folles, voire folles à lier, d'avoir pensé que nous pourrions mener à bien notre entreprise.

Nous aurions dû alerter Amnesty International ou le Fonds mondial pour la nature, enfin eux ou un autre organisme, mais quelqu'un.

C'est alors qu'Ellie a une idée presque brillante.

— Et s'ils passaient le tourniquet tout seuls ? Soit un à la fois, soit les trois en même temps ?

Je contemple les manchots. Ils se sont montrés très accommodants jusqu'à présent ; sans doute seront-ils ravis de marcher un peu.

— Pourquoi pas, accepté-je. On essaiera de les guider en les attirant avec une sardine.

Ellie passe en premier. Quant à moi, j'introduis nos trois oiseaux dans le tourniquet. Ils me regardent avec espoir.

— Allez ! leur dis-je. La liberté, c'est de l'autre côté.

J'ai beau leur indiquer l'extérieur du zoo d'un signe de la main, ils ont apparemment décidé que celle-ci était de la morue panée.

— Donne-moi des bouts de poisson, me demande Ellie.

Je plonge le bras dans mon sac. Quelque chose de visqueux me glisse entre les doigts.

— Berk ! m'exclamé-je.

— Berk... fait Ellie à qui je viens d'offrir ma trouvaille.

Je plie la poussette et m'en sers pour bloquer l'arrière du tourniquet, de manière à empêcher les manchots de repartir vers leur misérable bassin si l'envie leur en prenait soudain.

— Manchots manchots, regardez ce beau poisson puant. Venez, venez, chantonne Ellie.

Pareils aux spectateurs d'un match de tennis, nos trois oiseaux pivotent la tête dans sa direction, sans bouger.

— Venez, venez, jolis petits manchots, venez voir tatie Ellie.

Toujours pas de réaction. Remarquez, je comprends qu'un animal issu des vastes espaces de l'Antarctique ait du mal à s'imaginer qu'une barre métallique puisse tourner quand on la pousse.

Alors, je le fais à leur place et la barre vient buter sur le derrière du grand. Déséquilibré, il trébuche et se cogne contre le moyen, qui se cogne contre le tout petit. Ils avancent tous d'un nanomètre.

— Il faut qu'on se dépêche, lance Ellie.

Elle a le doigt pointé vers le ciel. Le paysage blanc et noir a pris des couleurs, comme si quelqu'un avait appuyé sur un interrupteur. Il va bientôt faire jour.

Pas à pas, les manchots progressent dans le tourniquet. Je prends la poussette contre moi... elle empeste la sardine maintenant... et je me prépare à me faufiler à leur suite.

— Donne-moi plus de poisson ! me demande Ellie.

— Je suis coincée, lui dis-je.

Impatiente, je décide de pousser la barre d'un coup énergique. Le tourniquet cède. Les manchots sont projetés en avant et je m'effondre par terre. Le temps que je me relève, nos trois oiseaux se sont attroupés autour d'Ellie ; ils ont faim. Malgré ses lunettes et son apparence d'un bleu pâle douteux, ils voient peut-être en elle un poisson.

Elle a une allure incroyable – et pas dans le bon

sens du terme. Ses vêtements sont recouverts d'écailles argentées et de traînées de sang, ce qui lui donne l'apparence d'une sirène qui vient d'avoir un horrible accident, et ses lunettes sont complètement embuées. Je doute qu'elle y voie quoi que ce soit. Les manchots offrent un spectacle tout aussi intéressant : malgré un léger défaut de capuche, l'anorak d'Ellie sied assez bien au moyen. Le petit a réussi à maculer le devant de mon sweat-shirt d'une longue coulure poisseuse, un peu comme Syd sait si bien le faire après le petit déjeuner. Quant au plus grand, il observe la cour du maçon voisin en se demandant s'il doit aller plonger dans la pile de sable qui s'y trouve ou dévorer Ellie en premier.

Tous trois décident, d'un commun accord, de boulotter Ellie.

— Aide-moi ! glapit-elle.

Je fouille dans mon sac. Il n'y reste presque rien en dehors de quelques morceaux durs et visqueux. Des queues ? J'en renverse quelques-unes sur le béton. Les manchots abandonnent aussitôt Ellie et se ruent à qui atteindra en premier cette nourriture miraculeuse.

— Vite ! crié-je. Attrape-les !

Le grand s'est jeté à plat ventre sur le béton, alors nous l'attrapons et le sanglons de nouveau dans la poussette.

Je fonds sur le petit et Ellie immobilise le moyen.

Aucun des trois ne réagit.

Libres

J'ai fait une autre découverte sur les manchots ce matin : ils pèsent lourd.

Le retour vers la maison dure une éternité. J'ai peur que Syd soit réveillé, alors je décide d'accélérer le pas.

— Dépêche-toi Ellie, dis-je en me tournant vers elle.

Si le manchot qu'elle porte semble tout à fait à son aise, elle est rouge comme une tomate.

Arrivées devant la clôture, nous découvrons aussi que les manchots sont glissants et qu'ils ont donc tendance à vous échapper. Vu de l'extérieur, leur manteau ressemble à de la fourrure, mais en réalité, ce sont des plumes. Il est vrai que ce sont des oiseaux.

Nous quittons le champ tant bien que mal et c'est avec soulagement que j'aperçois enfin la grande citerne.

Je suppose que les manchots voient la même chose que moi.

Le petit en tout cas se tortille comme un vermisseau maintenant.

— Arrête ! lui ordonné-je en resserrant pour la énième fois le nœud que j'ai fait autour de lui avec les manches de mon sweat-shirt. Ça suffit. Je ne fais pas ça pour m'amuser. C'est pour ton bien.

Il lève la tête vers moi et je mettrais ma main à couper qu'il me sourit d'un air narquois.

Les quinze derniers mètres sont cruels. Les roues de la poussette se prennent dans toutes les ornières, mes cheveux ne cessent de me tomber sur les yeux, mon nez me démange, je meurs de chaud et tout sent mauvais.

Je décide de me calmer en comptant mes pas.

Un deux trois quatre, un deux trois quatre.

Nous passons la tour de contrôle de l'aérodrome.

Un deux trois quatre...

Oui ! Les cressonnières, enfin !

Je défais les sangles de la poussette et aide le gros manchot à se lever en évitant prudemment son bec.

— Tu peux y aller maintenant, dit Ellie au moyen en lui retirant l'anorak qui le retenait.

Puis elle m'aide à dénouer le sweat-shirt qui maintient le petit. C'est l'heure du bain.

Je tape l'eau du plat de la main.

Les manchots me regardent sans bouger comme si j'étais un écran de télévision.

— Ils ne savent peut-être pas nager, suggéré-je.

— Bien sûr que si, tous les manchots nagent, comme les poissons, me rétorque Ellie d'une voix incertaine.

Je replonge la main dans le sac. J'y sens encore quelques dernières rognures, que je déverse au-dessus de la citerne. Brusquement, tels des nageurs synchronisés, les trois manchots plongent.

C'est incroyable.

Fantastique.

Formidable.

— Ouah, souffle Ellie.

— Ouah, répété-je.

Nos trois oiseaux évoluent avec une stupéfiante agilité. La citerne est profonde et son eau cristalline, ce qui nous permet de les voir fuser de-ci de-là tout au fond puis remonter droit vers la surface. Les manchots n'ont pas d'expression faciale, pourtant je suis certaine qu'ils sourient.

Soudain, le grand émerge et saute d'un bond sur le rebord incliné de la citerne, fait quelques pas en se dandinant, replonge, dépasse les deux autres et se remet droit de l'autre côté.

— Bravo ! s'écrie Ellie.

— On a réussi, lui dis-je.

— Ça valait la peine.

Ding, sonne la cloche de la mairie. Ding, ding, ding, ding, ding.

— C'est l'heure, déclaré-je, mécontente de devoir rentrer.

Je traverse le jardin en tirant la poussette derrière moi. Nous disons au revoir de la main aux manchots avant de nous glisser sans bruit dans la maison.

Manchots contre cresson

Nous montons l'escalier sur la pointe des pieds, transportées de joie par notre bonne action. Dans la chambre, tout est comme nous l'avons laissé et, malgré la lumière qui filtre à travers les rideaux, Syd semble toujours dormir.

— Qu'est-ce qu'on va faire de ça ? demande Ellie en retirant son jean bleu délavé.

J'ai l'excellente idée de tout mettre dans un sac-poubelle. Nous nous déshabillons entièrement, je referme le sac, et le glisse sous mon lit.

— On attendra que Maman sorte pour les mettre à la machine, dis-je à Ellie.

Pendant que celle-ci passe à la salle de bains, j'observe la citerne depuis la fenêtre. En dehors de trois têtes noires qui émergent par intervalles, il n'y a pas grand-chose à voir.

Je me sens bien. Les manchots sont là, libres et heureux, ils ont la possibilité de nager et de manger tout ce qui se cache au fond de l'eau. Ellie et moi pouvons être fières, je peux être fière. J'ai utilisé les outils de Papa pour une bonne cause. Et avec détermination.

— Oui, Papa, déclaré-je à voix haute. J'ai fait une bonne action. Comme toi.

J'ai du mal à contenir le bonheur que je ressens.

— Oui, répété-je.

Entre-temps, le grand manchot s'est extrait de l'eau et immobilisé sur le rebord en béton. Il ne regarde plus la citerne, il observe les cressonnières, les douze bandes de tendres pousses vertes.

Il descend la rampe jusqu'à elles et se laisse basculer dans la plus proche. L'eau y fait moins de dix centimètres de profondeur, mais il s'y prélasse et se gratte le dos sur le lit de feuilles dans lequel il laisse une cicatrice béante.

— Non, ne fais pas ça... bredouillé-je.

En poussant avec ses pattes, il se propulse d'un côté du bassin à l'autre, marquant cette fois le cresson d'une longue bande noire.

Puis il revient d'un bond sur le bord et repart vers la citerne en faisant claquer ses pattes palmées sur le béton.

Je suis soulagée, jusqu'à ce que je repense à cette poubelle pleine de poisson dans l'enclos du zoo. Mangent-ils le contenu de l'une d'elles chaque jour ? Chaque semaine ? Chaque heure ?

Où allons-nous trouver tout ce poisson ?

Ellie me rejoint devant la fenêtre.

— Qu'est-il arrivé à la cressonnière ? s'informe-t-elle.

— Le gros manchot est sorti de la citerne pour la tester, murmuré-je. Heureusement qu'il n'y est pas resté longtemps, les dégâts sont limités. Ils ont l'air heureux tous les trois, ajouté-je. C'est formidable.

Je conclus sur ce mot, bien que mon enthousiasme s'estompe.

— Oui, confirme Ellie. C'est fantastique.

Son ton de voix manque d'entrain autant que le mien.

— Oui... répété-je, le regard toujours rivé sur la fenêtre.

— Scarlett ?

— Oui ?

— Que va-t-il se passer s'ils ne restent pas dans la citerne ?

Manchots contre pataugeoire

— Nooooooonnnnnn !!!!!

Le cri me réveille en sursaut. C'est Maman. Il doit être tard car le soleil envahit la chambre et j'entends Syd qui glapit dans le jardin comme il le fait quand il est debout depuis longtemps.

— Quoi, qu'est-ce qu'il y a ? s'écrie Ellie en dévalant de son lit.

Je reste sur le mien. Je devine ce qui s'est passé.

— Oh, Scarlett, bredouille Ellie. Regarde.

Elle ouvre les rideaux en grand pour que je n'aie plus aucune excuse de ne pas voir la scène.

Les douze bandes vertes de cresson ne sont plus que douze bassins boueux entourés de béton. Et les manchots ont disparu.

— Alors ça, marmonné-je. Où sont-ils passés ?

— Ils sont là, répond Ellie en pointant l'index droit vers le bas.

Nos trois oiseaux sont allongés dans ce qui reste de la pataugeoire de Syd. Ils en déchirent de gros bouts de plastique tout en se roulant dans la boue qui la remplit désormais. L'un d'eux a même les bottes en caoutchouc à fleurs de Maman dans le bec.

— Oh non, murmure Ellie.

Un chapelet d'expressions beaucoup plus grossières me traverse l'esprit.

— Scarlett ? ! hurle Maman au pied de l'escalier.

— Je suis morte, dis-je à Ellie.

Je sors sur le palier.

— Scarlett... as-tu quelque chose à voir avec ce qui se passe dehors ?

L'espace d'un instant, j'envisage de mentir, avant de me souvenir qu'il n'est pas bien de le faire et, surtout, que la poussette poisseuse et visqueuse constitue un énorme indice à charge contre moi.

Zut.

Je m'éclaircis la voix. Maman me fait signe de descendre. Elle a le téléphone dans une main et feuillette l'annuaire de l'autre.

Syd est rentré pour se coller le visage contre la porte vitrée de la cuisine, à travers laquelle il observe les manchots.

— Mansot, Arlett, mansot, dit-il d'un air on ne peut plus réjoui.

— La barbe ! s'exclame Maman. Ils ne sont pas encore là.

— Qui ?

— Au zoo. Personne ne répond. Je vais devoir appeler Derek.

Zut.

— Derek ? Il y a trois manchots dans la pataugeoire de Syd, ils sont en train de la détruire et le zoo n'est pas encore ouvert. On a besoin d'aide.

Elle écoute.

— Non, je ne sais pas comment ils sont arrivés ici, reprend-elle en posant des yeux noirs, très noirs, sur moi. Non, mais ils semblent penser qu'ils sont chez eux. Ils sont assez grands, et assez sauvages aussi... non, pas comme des tigres... S'il te plaît, viens vite. Au fait, Derek ? Achète du poisson au passage, oui, peu importe où, le magasin au coin de la rue suffira... Non, je suis sûre qu'ils s'en sortiront très bien avec les arêtes, ils n'ont pas eu de difficulté à manger l'arrosoir.

Maman raccroche le combiné fermement, se tourne vers moi et lâche :

— Je t'écoute.

Chat contre manchots

Un camion de pompiers est garé sur l'allée qui sépare les deux cressonnières, entre le camion de la radio de Dampmouth Bay et la voiture de police d'Oncle Derek. M. Hammond pleure dans un microphone, pendant qu'un cameraman filme la dévastation. Six gardiens du zoo pourchassent le petit manchot à l'aide d'un filet, mais il s'amuse à sauter de la citerne dans les cressonnières et des cressonnières dans la citerne.

Les employés du zoo sont arrivés avec l'équivalent d'une baignoire pleine de poissons ; Oncle Derek avait rapporté six harengs fumés sous vide et un paquet de poisson pané en bâtonnets.

Je trouve que les pompiers sont trop couverts pour le temps qu'il fait, mais il est vrai que leurs grandes bottes et leurs cirés jaunes ne retiennent pas les odeurs de poisson.

Ellie et moi avons proposé d'attraper le petit manchot à l'aide de l'anorak d'Ellie et d'une sardine, mais on nous a congédiées comme si nous étions folles.

Pourtant je trouve que nous en avons beaucoup appris ce matin sur le comportement de ces animaux et je suis sûre qu'aucun expert n'a jamais amené un manchot à passer un tourniquet. *Nous* sommes les expertes.

On nous laisse quand même rendre visite aux deux grands, qui sont déjà en sécurité dans une petite remorque bagagère.

— Ils sont affamés, affirme une femme, visiblement une soigneuse des manchots au zoo.

— Oh... dis-je en pensant aux malheureuses épinoches et aux quelques vairons qu'abrite la citerne. Est-ce qu'ils mangent beaucoup ?

— Environ trois kilos de poisson par jour, et souvent plus.

Ellie arque les sourcils.

— Combien de temps auraient-ils survécu ici ?

— Je n'en suis pas vraiment sûre, répond la femme avec un haussement d'épaules. Quelques heures peut-être ?

Quelques heures ? Pas étonnant qu'ils ne soient pas restés dans la citerne. Cela étant, je doute qu'ils aient trouvé beaucoup à manger dans les cressonnières, à moins qu'ils ne soient devenus végétariens du jour au lendemain. Comme ils devaient avoir faim !

Des cris s'élèvent soudain et le petit manchot, non sans donner un coup de bec au passage à la pataugeoire de Syd, fonce ventre à terre vers la maison et disparaît par la porte ouverte à l'intérieur de la cuisine.

— Miaouuuuuu !

Ça, c'était Houdini. Le manchot, lui, ne fait aucun bruit. Il est peut-être en train d'examiner notre cuisine, à moins qu'il n'ait dévoré notre chat. Chat contre manchot. Houdini sait-il que le manchot est un oiseau ?

Aucun des deux ne ressort de la cuisine.

La spécialiste des manchots décide d'entrer voir ce qui se passe, tout comme les six pompiers, les cinq autres soigneurs et Oncle Derek. Alors qu'ils se pressent tous à travers la porte, Houdini se faufile brusquement entre leurs jambes, les poils sur son dos dressés comme les pointes d'un stégosaure. Sur ses talons, le manchot essaie de suivre, mais il est quatre fois plus grand que lui, plus lent et pas aussi intelligent. Un pompier l'empoigne enfin.

— Je te tiens ! s'exclame l'homme avant que le manchot ne lui pince la main sans ménagement. Aïe !

Pour une seconde, le manchot retrouve sa liberté, mais un autre soigneur finit par lui jeter le filet sur la tête et la grande évasion s'arrête net.

Entre-temps, d'autres véhicules se sont garés près des cressonnières : la chaîne de télévision WCTV, la Société pour la prévention de la cruauté envers les animaux, et trois fourgonnettes banalisées mais équipées de caméras. Oncle Derek est obligé de se transformer en auxiliaire de police chargé du stationnement. Maman, clouée sur place derrière la maison, arbore une expression qui trahit la rage apocalyptique qui l'a envahie.

Les journalistes de la télévision nous filment, nous, elle, et les manchots.

Les soigneurs du zoo embarquent le petit dans leur remorque.

— Au voir, mansot, dit Syd.

Je n'arrive pas à parler. J'étais si convaincue que nous faisions une bonne action. Je n'aurais jamais anticipé pareil dénouement.

Maman explose

Notre première sanction est d'aller nous excuser auprès de M. Hammond.

— Je suis désolée, dis-je. Vraiment désolée.

— Moi aussi, renchérit Ellie.

M. Hammond a l'air anéanti et Oncle Derek nous ramène en silence à la maison.

Il n'a pas besoin de parler.

Nous avons compris le message.

Oncle Derek et Maman sont assis d'un côté de la table. Ellie et moi, de l'autre.

Syd décore la porte de la cuisine avec le rouge à lèvres de Maman, qui ne lui prête aucune attention. Il est évident qu'elle tient à me réserver l'intégralité de sa furie.

Oncle Derek fait cliquer son chronomètre sans interruption jusqu'à ce que Maman lui demande d'arrêter en posant une main dessus.

— Désolé, Carole, s'excuse-t-il en se mettant à taper du pied.

Maman serre les lèvres avec une énergie telle qu'elles s'effacent presque de son visage. Elle est blanche, mais la peau de ses joues s'est marbrée de petits cercles roses. Je ne pense pas l'avoir jamais vue aussi en colère.

— Scarlett, Ellie... commence-t-elle dans un murmure qui nous oblige à tendre l'oreille. PAR LE DIEU DES ENFERS, EST-CE QUE JE PEUX SAVOIR CE QUI VOUS EST PASSÉ PAR LA TÊTE ????

Nous sursautons, Oncle Derek aussi. Syd pose instantanément le rouge à lèvres et s'empresse d'effacer son dessin de la porte avec un pantalon de Maman.

— Désolée, Tante Carole, déclare Ellie. On pensait faire une bonne action...

— UNE BONNE ACTION ? UNE BONNE ACTION ??

Maintenant, Maman est littéralement cramoisie.

— Comment pouvez-vous parler de bonne action avec le cataclysme que vous avez provoqué ? Des manchots... Des manchots ? Mais qu'est-ce qui vous a pris toutes les deux ?

Elle frappe du plat de la main sur la table et Ellie saute sur sa chaise.

— J'ose à peine imaginer ce que vous avez fait subir à ces pauvres bêtes...

— Et ce que la présence des caméras de télévision va nous faire subir, à nous, déclare Oncle Derek qui arrange les trois poils de sa moustache devant le miroir près de la porte. C'est ennuyeux.

Maman tourne un œil noir dans sa direction.

— Les caméras ? répète-t-elle. C'est bien le dernier de nos soucis, tu oublies les dégâts que ces animaux ont causés ! Pas étonnant qu'ils vivent dans un enclos en béton, ce sont de vrais vandales. Ils ont tout détruit. La remise en état des cressonnières va nous coûter des centaines de livres, sinon des milliers. Et les pompiers ? Ne font-ils pas payer maintenant quand on les appelle ? Je ne parle même pas de ce pauvre homme qui s'est fait mordre.

Personne ne lui rappelle qu'il faudra racheter une pataugeoire, un arrosoir et des bottes en caoutchouc.

Oncle Derek vient se placer derrière nous.

— Avec ce qu'ils ont fait à ton jardin, je doute que les pompiers te facturent quoi que ce soit, affirme-t-il.

Ces derniers ont été obligés de faire marche arrière dans le potager de Maman pour pouvoir partir. Ils ont emporté le tuteur à haricots avec eux. Il s'était coincé dans leurs tuyaux à l'arrière du véhicule. Syd a trouvé le spectacle très drôle. Maman, pas du tout.

— Et le zoo ? Ne risquent-ils pas de nous traîner en justice ? demande-t-elle à Oncle Derek.

— Je suppose qu'ils le pourraient, pour effraction, répond-il en haussant les épaules. Vous êtes assez âgées pour être considérées comme légalement responsables, ajoute-t-il à notre intention. Mais je doute que le zoo s'en donne la peine. Je vais les appeler.

Brusquement, je suis prise de nausée. Il ne m'était pas venu à l'idée que nous avions enfreint la loi.

Le silence s'installe autour de la table, aussi épais que de la purée de pois.

À côté de moi, Ellie est en pleurs. Je pense que personne ne l'a jamais réprimandée de cette manière. D'autant que Maman repart pour un tour.

— Il ne vous a même pas effleuré l'esprit que les manchots étaient des animaux sauvages qui ont besoin de l'équivalent d'un abri de jardin entier de poisson chaque jour, et que s'ils sont dans un zoo, c'est parce que les zoos emploient des personnes qui sont formées pour s'occuper des animaux ? HEIN ? !

Ellie secoue la tête. Moi aussi. Je crois que je viens de perdre ma langue.

— Et vous n'avez pas pensé non plus à lire l'avis affiché à côté de leur enclos, petites idiotes que vous êtes ? poursuit Maman.

Nous secouons la tête de nouveau.

— Il y est expliqué que le zoo essaie de trouver les fonds qui lui permettront de les envoyer dans un magnifique parc animalier au Canada, où ils disposeront d'un espace immense avec autant de saumon qu'ils peuvent manger. Des fonds qu'ils vont devoir lever une nouvelle fois puisqu'ils viennent d'en dépenser une bonne partie à cause de cette petite escapade matinale.

Maman se lève et se rassied dans le même mouvement. Elle met ses lunettes et les enlève. La colère lui fait perdre la tête.

— Alors pourquoi ? reprend-elle. Pourquoi avez-vous fait ça ?

Elle ne nous lâche pas du regard. Je ne veux vraiment pas répondre.

— Parce que ces manchots étaient dans un minuscule enclos, sans eau, tente Ellie.

Encouragée par son aplomb, j'ose dire dans un filet de voix :

— Parce que c'était cruel de les garder dans ces conditions.

À en juger par l'expression de Maman, il n'y a pas plus crétines que nous au monde.

— Mais encore, nous encourage-t-elle pour sonder la profondeur de notre stupidité.

— On voulait faire comme Papa, décidé-je de déclarer.

— Oui, confirme Ellie. On a juste pensé qu'on pourrait améliorer les choses. Comme le papa de Scarlett le faisait.

Les épaules de Maman retombent. Sa colère se transforme en stupéfaction.

Derrière nous, Oncle Derek pousse un long soupir.

— Est-ce que tu as utilisé les outils de ton père pour entrer dans le zoo ? me demande-t-il.

Je réponds oui d'un signe de tête.

— Pardon ? s'exclame Maman d'une voix étranglée. Des outils ? Son regard va et vient maintenant entre nous et Oncle Derek.

Celui-ci soupire à nouveau.

— Scarlett, me demande-t-il, as-tu parlé de ces outils à ta mère ?

Toujours d'un signe de tête, je réponds cette fois par la négative, puis je me baisse pour sortir la trousse en cuir de mon sac qui se trouve sous la table.

Maman pousse une exclamation rentrée.

— D'où sors-tu ça ? souffle-t-elle.

Les poules ont peut-être des dents

La révélation sur les outils a du mal à passer et je vois qu'Ellie hésite à ajouter qu'il y avait d'autres objets dans la boîte. Quoi qu'il en soit, elle garde le silence.

Maman me confisque la trousse. Elle ne sait plus qui de moi, d'Oncle Derek, ou même de Papa, la rend la plus furieuse. Elle envoie Ellie et moi nous coucher ridiculement tôt, ce qui n'est pas trop grave car je suis si confondue par ma propre bêtise qu'essayer de tout oublier cachée sous ma couette me conviendra parfaitement. Ellie et moi ne nous parlons même pas. Nous nous allongeons chacune sur notre lit, dans un silence complet, et nous écoutons les bruits extérieurs, qui incluent la première grosse dispute que nous ayons jamais entendue entre Maman et Oncle Derek.

Ils sont sortis dans le jardin pour se mettre hors de portée de voix, mais ma fenêtre est ouverte et ils n'ont aucun talent quand il s'agit de murmurer.

— Je n'arrive pas à croire que tu lui aies dit la vérité sur son père, c'était idiot !

— Elle a le droit de savoir.

J'entends le martèlement des pieds d'Oncle Derek ; il doit courir sur place.

— De toute façon, je pensais qu'elle était déjà au courant. En tout cas, elle m'a fait croire qu'elle l'était. Je te prie de m'excuser. Cela dit, reconnais que c'est horrible d'être obligé de vivre en pensant que son père était un criminel.

Maman creuse un trou, avec détermination, j'entends le bruit métallique de la bêche dans la terre.

— C'est faux, elle allait très bien. Si tu ne lui avais pas dit la vérité, elle n'aurait jamais fait une telle bêtise.

— D'accord, tu la connais mieux que moi. C'est ta fille après tout, mais tu ne me retireras pas de l'idée qu'elle n'allait pas si bien que ça, contre-attaque Oncle Derek en faisant cliquer son chronomètre. Elle avait les outils et elle voulait les utiliser.

Les cliquetis cessent.

— Carol, reprend Oncle Derek, elle a agi stupidement, mais n'exagérons rien. Son intention était bonne. Elle a fait une erreur de jugement, c'est tout.

— Une erreur de jugement ? répète Maman dans un petit cri. C'était de la folie pure, je ne pensais pas que ma fille soit capable de commettre un acte aussi stupide.

— Je ne le pensais pas de ma fille non plus, mais elles auraient pu faire bien pire avec ces outils... comme tomber dans l'illégalité.

Je rougis sous ma couette.

— Quelle idée Richard a eue ! maugrée Maman. Pourquoi lui donner ça ? Vraiment !

Oncle Derek répond, mais je crois que Maman traîne un seau sur le gravier et je n'arrive pas à discerner ses mots. Je tends l'oreille.

— Quoi qu'il en soit, c'était à moi de lui apprendre la vérité sur son père, pas à toi, reprend Maman.

— Je suis tout à fait d'accord, acquiesce Oncle Derek.

Pendant un moment, je n'entends plus que le filet d'eau qui coule dans les cressonnières et la bêche de Maman.

— Tu ne lui as pas parlé des diamants quand même ? reprend-elle.

— Si.

— Quoi ? !

Quelque chose de lourd frappe violemment le sol.

— Mais pourquoi ? !

— Les petites filles doivent bien croire en quelque chose. Elle est un peu âgée maintenant pour les contes de fées. De toute façon, ces diamants existent peut-être.

— Oui, et les poules ont des dents.

— C'est ce que tout le monde voudrait croire.

— Tu as peut-être raison, se résigne Maman avec un soupir, mais je m'inquiète pour elle.

Oncle Derek a dû s'approcher d'elle, car les paroles qu'ils prononcent désormais sont feutrées. J'entends une dernière phrase.

— Je veillerai sur elle, dit-il. Encore plus qu'avant.

Je reste immobile sur mon lit, à l'affût, mais ils cessent de parler. Alors, je tourne mon attention vers Syd. Il fredonne une chanson à son nounours.

Qu'est-ce qui est noir et blanc, et rouge partout ?

— Un manchot demande à son ami devenu papa : Alors, qu'est-ce que c'est, un garçon ? Non, du cresson ! crie Sam Lewis.

— Qu'est-ce qui est noir et blanc et rouge partout ? demande Melissa.

— Un manchot qui a attrapé un coup de soleil ! hurle Jessica.

— Pourquoi deux manchots sautent-ils sur place lors d'une première rencontre ? renchérit Sam Lewis.

— Pourquoi ? cale Amber.

— Pour briser la glace ! s'esclaffe Sam.

Ellie et moi filons en classe sans demander notre reste. Mme Gayton est assise à son bureau, son visage de pomme de terre fendu d'un sourire suffisant.

— Ces demoiselles jouent aux gendarmes et aux voleurs, voyez-vous ça... murmure-t-elle.

J'ignore son commentaire et j'occupe le temps à tailler mes crayons.

Ellie fouille son sac.

— Remarque, si on considère ta filiation, il ne fallait pas s'attendre à autre chose de ta part, Scarlett McNally. Cependant, ton manque de réflexion cause beaucoup d'ennuis.

Mme Gayton s'appuie contre le dossier de sa chaise.

— Quand j'étais dans les parachutistes, nous avions un soldat aussi insolent que toi. Il a mal fini : il casse des pierres pour le bon plaisir de Sa Majesté.

Je ne quitte pas mes crayons des yeux.

Je pourrais l'étrangler.

Ellie et moi nous séparons sur le chemin du retour. Elle vit dans une maison blanche très propre située au sein d'un lotissement de maisons blanches tout aussi propres. À l'intérieur, chaque objet a sa place appropriée. Oncle Derek n'achète jamais de céréales dont la boîte n'entrerait pas dans le placard ni de bouteille de lait qui serait trop grande pour le réfrigérateur. Ellie n'a jamais oublié de payer sa cantine ni apporté une paire de socquettes dépareillées en classe d'éducation physique.

De notre côté, Maman et moi sommes totalement brouillonnes et je suis toujours en retard pour tout. Il n'empêche : l'organisation d'Oncle Derek m'affole.

Il s'occupe seul d'Ellie depuis que sa femme les a quittés. Je ne sais pas de quand date cet événement, mais je sais qu'Oncle Derek a commencé à aider Maman juste après qu'elle a renvoyé le père de Syd en Amérique du Sud. Maintenant, je me demande pourquoi il le fait : par obligation professionnelle ou par plaisir ?

Il est apparu il y a un an environ.

Au bout du compte, je me dis qu'Oncle Derek n'est pas si mal, même je continue de voir en lui un extraterrestre obsédé par la lessive en poudre, les adoucissants et tout ce qui a un relent de supermarché.

Depuis quelque temps, il se laisse pousser la moustache. À mon avis, il pense qu'elle lui donnera un air jeune et décontracté. En réalité, elle lui donne juste l'air d'un homme qui ne sait pas entretenir une moustache.

Ellie l'adore, bien que ce soit un papa et pas une maman. Je suppose qu'elle fait contre mauvaise fortune bon cœur ; après tout, on peut bien vivre sans papa.

Je ne peux même pas imaginer une vie sans Maman.

Au lieu de rentrer directement à la maison, je passe d'abord derrière le zoo, dont je jauge les hauts murs blancs. Je réussirais probablement à les escalader, mais j'ai quelques pièces sur moi et, après seize heures, les tourniquets ne coûtent plus que cinquante pennies.

De toute façon, j'en ai déjà fait assez en matière d'effraction. Je ne veux plus attirer l'attention, même si je doute que les soigneurs me reconnaissent dans mon uniforme d'écolière.

Devant l'entrée, je remarque la longue voiture noire. Je m'arrête pour observer le petit drapeau qui flotte sur l'aile avant. Il arbore les trois étoiles de mer royales du conseil municipal de Dampmouth Bay qu'on retrouve sur toutes les poubelles de la ville. C'est bien la voiture de Mme le maire.

Comme c'est étrange. Étrange d'avoir passé des années sans jamais croiser le chemin de ce drapeau, et de le voir à deux reprises en une semaine.

Une fois à l'intérieur du zoo, j'ignore le panda sous-développé ainsi que la maison nauséabonde des phasmes. Je passe sans m'arrêter devant les flamants et les singes hurlants, et je me hâte vers l'enclos des manchots.

Ils sont là. Tous les trois. L'un debout, les deux autres allongés dans leur petit bassin. Franchement, celui-ci n'est pas plus grand que la pataugeoire de Syd. Mais Maman avait raison. Il y a bien un grand écriteau, que je lis enfin. Le zoo essaie effectivement d'envoyer nos trois oiseaux marins dans un immense parc animalier au Canada.

Ellie et moi aurions dû mieux regarder.

Nous avons été sottes et nous ne sommes pas près de nous délivrer de notre honte.

Je m'accoude à la grille. Je suis triste pour les manchots. Je suis triste pour Ellie et moi aussi, même si je pourrais jurer que le petit me sourit, ce qui me rassure un peu.

— C'est horrible, pas vrai, dit brusquement une voix d'homme à côté de moi.

— Ouais... marmonné-je.

— Comme les vols, continue l'homme.

— Ouais...

— Voler, c'est toujours mal.

Je me décide à regarder à qui appartient la voix. Je glisse les yeux vers ma droite aussi loin que je le peux, sans rien détecter d'autre qu'une manche grise. Je me déplace d'un pas discret vers ma gauche.

— Oui, pour moi, que le vol soit grand ou petit ne fait pas de différence, poursuit l'homme. C'est du vol quand même.

Je fais un autre pas à gauche, mais je bute contre un manteau de fourrure, maintenu fermé par des doigts aux inquiétants ongles rouges. Je remonte du regard des ongles jusqu'à la main et de la main jusqu'au bras. Mais je sais déjà ce que je vais trouver en haut.

— C'est drôle tout de même comme l'attirance pour le vol court dans les familles, dit l'homme en costume gris. Je connaissais quelqu'un comme ça, pas bête du tout, le gars, il se faufilait toujours partout. Dans les palaces, les bureaux, les endroits sous haute sécurité.

Il a barboté beaucoup de trucs. Oui, c'était un voleur, un vrai de vrai.

Je m'écarte de la grille. Mon cœur bat la chamade et j'ai peine à respirer. L'homme est coiffé d'une casquette de chauffeur, comme s'il était en service officiel. Il fait le même mouvement que moi, puis me suit vers la maison des papillons. Devant l'entrée, il me touche le bras et je lève enfin la tête vers lui.

Il a une moustache gris jaune, des dents tachées par le café et son haleine sent le poisson frit.

— Ce gars dont je te parlais, on le payait en diamants. J'adorerais savoir où il les a planqués. Ça fait des années que je me le demande, mais un petit oiseau me dit que sa plus jeune parente vient de recevoir un cadeau de sa part. Alors, quelle surprise de la voir, elle, à la télé l'autre jour, entourée de manchots !

L'homme a des yeux de cochon, petits, rougis et fatigués.

— Hum... fais-je en m'éloignant rapidement vers la boutique de souvenirs.

— Je crois que c'était un cadeau pour ses onze ans, insiste-t-il en m'emboîtant le pas. Un cadeau qui contenait un message peut-être ?

— Je ne vois pas de quoi vous voulez parler, dis-je en haletant.

— Je crois que cette jeune relation, sa fille peut-être, sait maintenant où se trouvent ces diamants.

La femme nous rattrape et se plante sur ma gauche.

— J'attends, tu comprends, intervient-elle. J'attends depuis des années. Je veux mes diamants.

— Vraiment ? répliqué-je en constatant, rassurée, que la boutique n'est plus qu'à cinq ou six mètres de nous. Et pourquoi sa fille donnerait-elle le cadeau qu'elle aurait reçu de son père ? Pourquoi n'en parlerait-elle pas à la police plutôt ?

L'homme me tire par la manche et m'oblige à me tourner vers lui.

— J'ai des raisons de croire que sa fille a barboté une ou deux choses elle-même. Des choses qu'elle n'aurait pas dû prendre, ajoute-t-il en tapotant sa poche de veston. J'ai là un petit film enregistré par caméra de surveillance qui me vient du bureau du maire. On y voit une petite chapardeuse mal embouchée en train de filouter toute une cargaison de bonbons.

Une caméra de surveillance ?

Mais bien sûr ! En plus, Oncle Derek n'arrête pas de le dire : toute la ville est infestée de caméras placées par les services de la mairie.

Quelle idiote ! Comment ai-je pu être aussi bête ? J'arrive néanmoins à prononcer un « Oh ? » détaché.

— Oui. Et je crois que je pourrais l'aider à éviter le bras de la justice si elle me donnait une certaine boîte.

Il m'attrape par la manche une nouvelle fois, un peu plus aimablement.

— Tu vois, Scarlett, ce n'est qu'une question de bien ou de mal. Oui, juste ça, une question de bien ou de mal.

J'aimerais être quelqu'un d'autre.

Je rentre à la maison en courant. Une fois arrivée, je ferme toutes les fenêtres, même la petite de la salle de bain par laquelle seul Syd peut passer.

Quand Maman arrive du travail avec lui, je meurs d'envie de lui parler de Mme le maire et de son chauffeur, mais je n'y parviens pas. Si elle savait que je suis entrée par effraction dans la confiserie avant de le faire dans le zoo, elle m'enverrait en famille d'accueil sur-le-champ et ne croirait jamais que Mme le maire puisse vouloir me faire du mal.

Alors je regarde les émissions pour tout-petits avec Syd, à qui je donne l'autorisation de me faire des dessins sur le visage. En temps normal, je refuserais et préférerais qu'une limace me rampe sur la peau, mais je dois absolument faire de « bonnes actions ».

Je construis donc aussi un rail de chemin de fer long et compliqué. Syd le détruit et je le rebâtis. Il le détruit et je bâtis à nouveau. Je pose même dessus un train que je pousse.

— Scarlett, tu te sens bien ? me demande Maman.

Je réponds oui d'un signe de tête et j'entreprends de monter la gare qui va avec le rail. L'inquiétude me tenaille.

Nous mangeons des œufs avec des fèves et Maman nous prépare un crumble aux prunes.

Je déteste les fèves, mais je les mange.

Après le dîner, je donne son bain à Syd. Il me décore d'une moustache et d'une barbe en mousse.

Je l'aide même à mettre son pyjama.

À l'heure du coucher, une fois Syd dans son lit, Maman vient vers le mien et me redemande :

— Tu es sûre que tu vas bien ?

Il me faut du temps pour répondre :

— Oui, Maman, je suis juste fatiguée.

Elle me tâte le front, me borde et nous chante des berceuses. J'aimerais être quelqu'un autre.

Je vais demander à Maman de me conduire à l'école demain matin.

Les cordes

Je passe la nuit à rêver de grandes femmes vêtues de manteaux en peau de léopard, mais il ne m'effleure pas une seule fois l'esprit de renoncer à ma boîte. Enfin, pas jusqu'ici. C'est l'heure du rassemblement des classes et Mme Mason, notre principale, a choisi comme sujet de sermon la mauvaise utilisation que nous faisons apparemment presque tous des points-virgules. Têtes baissées, les élèves occupent le temps à griffonner des petits mots qui circulent de main en main. Quant à moi, je repasse dans mon cerveau la conversation que j'ai eue au zoo.

« Si elle me donnait une certaine boîte. »

Et si j'acceptais ? Je pourrais la remettre au chauffeur et tout serait réglé, oublié.

Ce serait bien.

Sauf que je pense aussitôt à Papa et à la petite collection d'objets qu'il s'est donné la peine de me transmettre. Les indices sur sa vie, les photos, les outils même. Ils ne veulent la boîte qu'à cause des diamants, mais ces diamants n'existent pas. Et puis de toute façon, il n'y a aucune raison qu'ils la récupèrent, cette boîte, elle est à moi. C'est à moi que Papa l'a donnée.

Le problème, c'est qu'ils vont parler des bonbons à Maman.

Quelle poisse !

Je tourne la tête vers Ellie ; elle est la seule à écouter Mme Mason. Elle est aussi la seule à qui je peux parler de mon dilemme.

C'est drôle, il y a de cela une semaine, je n'aurais jamais songé à me confier à elle.

La sonnerie de début de classe retentit.

Je suis Ellie dans le couloir qui mène au gymnase, sans réussir à m'en approcher à cause d'un groupe de garçons qui chahutent devant moi.

J'essaie de l'appeler, mais elle disparaît dans le vestiaire sans m'entendre.

D'un grand coup d'épaule contre la porte, je me précipite à mon tour dans la salle, où je m'arrête net.

Mme Gayton est plantée au beau milieu de l'espace, déjà en tenue. Elle était dans l'armée et cela se voit. Malgré son âge antédiluvien, elle porte un débardeur sans manches et un short militaire. Le détail le plus dérangeant du spectacle est le tatouage d'une sirène sur la peau flasque, fripée et verdâtre comme un poulet, de son mollet.

D'innocents enfants ne devraient jamais être exposés à une telle réalité.

Berk.

Elle rôde comme un prédateur, avec un air qui indique clairement qu'elle voudrait nous raser les cheveux à tous ou tout au moins nous forcer à nettoyer les sols à la brosse et à manger de la betterave pour le restant de nos jours.

Elle n'a pas de chaussures, j'en déduis donc que nous sommes partis pour endurer un long cours de gymnastique. Ses pieds sont déformés par des durillons, striés de veines apparentes, et calleux. Ce qui ne doit pas la déranger outre mesure puisqu'elle n'exécute pas les exercices qu'elle nous impose. Elle se contente de se moquer de nous et de souffler dans son sifflet.

À mon avis, sous sa peau, elle est verte. Comme une extraterrestre.

Au moins, je suis contente qu'elle ait choisi la gymnastique et non le baseball ou le tennis, car je suis incompétente quand il s'agit de jouer avec des balles, et brillante quand je dois escalader ou sauter.

Aujourd'hui, le cours se concentre sur le grimper de corde.

Je monte à la mienne sans difficulté et finis sur un saut périlleux par-dessus la barre à laquelle elle est attachée.

Heureusement, Mme Gayton a le dos tourné. Ellie absorbe toute son attention.

— Allez ! lui crie-t-elle. Est-ce que tu vas essayer de grimper, oui ou non ? lance-t-elle en indiquant à la classe de se regrouper. Venez ici ! Nous allons regarder Mlle Ellie !

Les garçons cessent de hurler et de courir partout. Les filles abandonnent leur corde à sauter. Tout le monde s'approche pour observer.

Ellie ne réussit pas à grimper. Elle ne parvient même pas à dépasser le nœud du bas. Pourtant, ce n'est pas faute de se démener. Même ses bras et ses pieds rougissent sous l'effort.

— Je suis désolée, madame, dit-elle enfin en se laissant tomber à terre. Je n'y arrive pas.

— Félicitations, Ellie, lui répond Mme Gayton. Tu viens de démontrer à la perfection comment ne pas grimper à une corde.

Les joues d'Ellie prennent la couleur de ses mains et de ses pieds. La classe, elle, éclate de rire.

Un lapin volant

Je retrouve Ellie dans la cour au moment du déjeuner. Elle pleure et tient serré contre elle son lapin, celui que sa mère lui a donné avant de les quitter.

— Où veux-tu aller ? lui demandé-je.

— N'importe où sauf ici, répond-elle.

Nous allons nous asseoir sous le saule, où les garçons jouent. Ils sont bruyants, mais pas méchants. Je ne sais pas ce qu'en pense Ellie, mais je me sens en sécurité en leur compagnie. Elle suce son pouce et caresse sa peluche en même temps.

— Ellie, commencé-je. Tu te souviens de la confiserie ?

— Oui, bredouille-t-elle.

— Eh bien...

La conversation que je voulais avoir est interrompue par l'arrivée des sorcières.

Mains sur les hanches, Melissa se plante devant nous. Derrière elle, Jessica mange une barre au chocolat.

— Ellie, est-ce que tu pourrais nous montrer comment grimper à la cage à écureuil ? demande Melissa d'une voix mielleuse.

— Je peux tenir tes lunettes si tu veux, ajoute Jessica. Tes verres sont tellement grands qu'ils pourraient se casser.

— Non merci, murmure Ellie.

— Et toi, est-ce que tu voudrais nous montrer ? reprend Melissa en me regardant. Tu pourrais nous expliquer comment ton père s'échappait de prison. Ou comment tu as volé les manchots.

Je ne réponds pas.

— On a vraiment envie d'apprendre... à ne pas le faire, poursuit Melissa en se tournant vers son amie avec qui elle pouffe de rire.

Ellie a les yeux rivés sur le sol. Les miens le sont sur les chaussures de Melissa. Elles sont décorées de chiots. Doux et adorables, tout ce que Melissa n'est pas. C'est une sorcière.

Sans déplacer mon regard, je l'imagine en train de brûler sur un bûcher. Mais brusquement, je vois le lapin d'Ellie passer dans mon champ de vision et voler dans la cour.

— Hé... ! s'écrie Ellie en sautant sur ses pieds.

Je suis plus rapide qu'elle, mais pas assez pour empêcher le lapin d'atterrir après un lob bien visé sur le toit de l'école.

Toit avec vue

Il me faut environ cinq minutes pour monter là-haut. J'ai trouvé derrière le bâtiment une énorme poubelle sous une gouttière. J'ai très mal aux bras depuis le cours de gymnastique, mais je veux qu'Ellie récupère son lapin.

Je veux faire une bonne action.

Et je veux que Melissa et Jessica paient pour les méchancetés qu'elles font aux autres.

Depuis le toit de l'école, la vue est fantastique. Sans compter que l'endroit est parfaitement sécurisé : la surface est plane et recouverte de ce truc qu'on met sur les pistes d'envol des aéroports. En revanche, elle est jonchée d'objets : chaussures, chapeaux, boîtes déjeuner, sandwichs, crayons, le tout sale et mouillé. Le lapin est bien là et je le ramasse.

Puis je m'avance vers le bord et salue de la main ceux qui me regardent depuis la cour. Ellie me répond. Mme Mason, non. Elle a pris une curieuse teinte pourpre. Quant à Mme Gayton, elle accourt tout en parlant très vite à quelqu'un sur son portable.

Les sorcières semblent sincèrement choquées.

Bien fait pour elles.

Je n'entends pas ce qui se dit, parce qu'ici, en haut, le bruit du périphérique couvre tout. Je le vois d'ailleurs, au milieu des champs. Les camions qui circulent dessus sont énormes. Derrière moi, la mer étincelle pareille à une feuille de papier aluminium. Bref, je vois tout, même les cressonnières.

C'est magique. Je devrais grimper ici plus souvent. J'attrape certains des objets, à l'aide d'un crayon pour ceux qui sont trempés, puis je les laisse tomber du toit. Soudain, je perçois un cri rauque, alors je me penche et découvre Mme Gayton, le visage levé, le gant moisi que je viens de jeter étalé sur ses lunettes.

En centre-ville, un gyrophare bleu se met en route et je le suis à travers les rues. Il se dirige vers moi. J'ai l'impression d'être une tête chercheuse.

Bientôt, la voiture de police entre en trombe dans la cour de l'école. Sa sirène hurle. Deux hommes en uniforme en surgissent. L'un d'eux trébuche dans les escaliers, l'autre avance très vite. Il sprinte vers le bâtiment.

C'est Oncle Derek.

Mais !

La tête d'Oncle Derek apparaît au bord du toit. Il me dit de descendre.

Je suis tentée de ne pas répondre.

Après tout, ce n'est pas mon père. Il n'a aucun droit de me donner des ordres.

— Scarlett...

Il a l'air très sérieux.

— Alors ?

Il me regarde droit dans les yeux. Et je vois qu'en réalité, il paraît très inquiet.

— Scarlett, si tu restes ici, je serai obligé d'avertir ta mère, me prévient-il.

Je décide de descendre. Il m'y aide, sans se mettre en colère. Puis il me tapote le dos. Aussitôt, on me demande de suivre Mme Gayton et Mme Mason dans le bureau de cette dernière.

J'ai toujours le lapin d'Ellie enfoncé dans la ceinture de mon pantalon.

J'aurais dû le donner à Oncle Derek.

Zut.

— Elles ont volé le lapin d'Ellie et l'ont jeté sur le toit, crié-je pour la énième fois.

Mme Mason soupire, s'affale contre le dossier de sa chaise et fixe son regard sur un objet ou un autre de son bureau qu'elle trouve visiblement fascinant.

— Là n'est pas la question, Scarlett, reprend-elle enfin. Le fait est que tu ne peux pas te promener sur le toit de cette façon. Oui, je t'accorde que c'était mal de jeter le lapin et je parlerai de cela avec Jessica et Melissa, mais ce n'est pas à toi de faire justice, assène-t-elle en tapant des deux mains sur son bureau. J'aurais espéré que tu aies appris cette leçon depuis l'épisode des manchots.

Mme Gayton est perchée sur le rebord de la fenêtre et secoue la tête en signe d'assentiment. Elle est toujours en tenue de gymnastique.

— Cela ne relève tout simplement pas de ta responsabilité, m'explique Mme Mason avec un sourire.

— Et le lapin d'Ellie ? Elle n'arrive pas à dormir sans lui. Qui serait allé le chercher ? demandé-je en dévisageant Mme Gayton.

— Moi ? prononce cette dernière dans un cri à moitié étranglé. Certainement pas !

Je l'imagine en train de monter à l'échelle, ce qui nous aurait donné une belle vue sur son postérieur.

Berk.

— Le gardien serait monté, répond Mme Mason.

— Ah oui ? répliqué-je. Dans un mois environ ? Tout ce que j'ai trouvé là-haut y dort depuis une éternité.

— Oh, Scarlett... grommelle Mme Mason en agitant la main comme si elle rêvait de me donner une gifle.

Elle a l'air épuisée. Je persiste.

— Qu'aurait fait Ellie si je n'étais pas montée ? Elle ne peut pas se passer de son lapin. Elle aurait arrêté de dormir. Et elle n'a pas de maman.

— Maintenant ça suffit, s'agace Mme Mason. Retourne finir ton déjeuner et laisse-moi parler à tes camarades.

Elle se lève.

— Allez, sors !

— Vous ne la punissez pas ? s'offusque Mme Gayton alors que la porte se referme derrière moi.

Mais à peine arrivé-je dans la cour de récréation qu'une main s'abat sur mon épaule.

— Le lapin.

C'est Mme Gayton. Elle m'a suivie.

— Pardon ?

Elle me tend sa main osseuse.

— Donne-moi ce lapin, maintenant.

— Non.

— Si, dit-elle en se passant la langue sur les lèvres.

— Non. Mme Mason ne m'a pas dit que je devais le faire.

— Moi, si.

— Et si je refuse ?

Mme Gayton est plus rapide qu'elle n'en a l'air et tire brusquement le lapin de la ceinture de mon pantalon.

— Vous n'...

— Ça vous servira de leçon à toutes les deux, à toi et ton... ton amie, me coupe-t-elle. Je le confisque !

— Vous n'avez pas le droit !

— Si, et c'est exactement ce que je vais faire. Venez me voir demain pour le récupérer. Pour l'instant, va manger.

Promesses, promesses

Quand j'arrive à la maison, dans une colère telle que je peux à peine parler, Maman est assise dehors avec Syd. Elle remplit des pots avec du compost, dans lequel elle plante des brins verts et que mon petit frère s'empresse de renverser dans sa nouvelle pataugeoire pour faire de la boue.

Je jette mon sac d'école par terre et entre dans la maison en tapant des pieds. J'imagine Mme Gayton au milieu de l'Antarctique, sans carte.

Ni boussole.

Ni grosses chaussettes.

Ni bonnet de laine.

Ni son nounours préféré.

— Scarlett, que se passe-t-il ? me demande Maman, penchée dans l'embrasure de la porte.

— Tout. Rien.

— Oh ?

Je lui raconte l'incident avec Mme Gayton et le lapin. J'omets de lui relater qu'il était sur le toit et qu'Oncle Derek m'a demandé d'en descendre.

Maman vient s'asseoir près de moi.

— Je suis d'accord, approuve-t-elle. C'est injuste. Cette Mme Gayton n'a jamais été très gentille, même de mon temps, mais... j'ai l'impression que tu ne m'as pas tout dit.

— Oncle Derek a vendu la mèche ?

— Non, pas vraiment, répond Maman en secouant la tête. Mme Mason m'a appelée.

— Oh. Oncle Derek t'as appelée aussi ?

— Hum...

Il a donc bien vendu la mèche.

Zut. Papa avait raison, je ne devrais pas faire confiance à n'importe qui.

J'imagine Oncle Derek en Antarctique.

Sans son uniforme de policier.

Ni son chronomètre.

Ni Ellie.

— Peu importe, ce n'était tout de même pas juste, insisté-je. Pauvre Ellie, elle est désespérée.

— C'était méchant de la part de ces filles de lancer son lapin sur le toit, et probablement mal de la part de Mme Gayton de le confisquer. Cela ne signifie pas pour autant qu'il était bien que tu grimpes sur le toit pour le récupérer. C'était presque bien, mais pas tout à fait.

Je commence à être très en colère.

— Maman, une action est soit bonne soit mauvaise.

— Il existe des zones floues.

— Je sais, Ellie m'en a déjà parlé. Me cacher que Papa était un espion en fait partie ?

— Que veux-tu dire ? bredouille Maman, qui a rougi.

— Que c'est Oncle Derek, pas toi, qui m'a révélé la vérité sur Papa et m'a appris qu'en réalité, ce n'était pas un criminel.

Maman essaie de m'interrompre, mais je n'ai aucune intention de la laisser faire.

— J'ai grandi toutes ces années en pensant que c'était un voleur et tu m'as laissée... tu LES as laissés... cette abominable Mme Gayton, les sorcières et tous les autres... tu les as laissés penser la même chose et ils me harcèlent à cause de ça depuis le début. Tu aurais dû me dire la vérité, ça m'aurait aidée à les ignorer. C'est ça qui aurait été bien.

Maman semble au bord des larmes.

— Je suis désolée, j'ai juste...

— Oncle Derek m'en a dit plus sur mon père que tu ne l'as jamais fait.

— Là, Scarlett, tu es injuste.

— Dans cette histoire, tout l'est.

Je me cale au fond du canapé.

— J'ai juste... reprend Maman.

Je la coupe du regard.

— Fait ce qu'on te disait de faire ?

Maman s'effondre sur le canapé à côté de moi et passe sa main dans mes cheveux, mais je m'écarte d'elle.

— Non, bougonné-je.

Je suis trop en colère.

Elle se relève et va jusqu'à la fenêtre.

— Tu as raison, dit-elle. J'ai certainement eu peur d'enfreindre les règles et peur des rumeurs au sujet des diamants. Si je t'avais révélé leur existence quand tu étais petite, comment aurais-je pu t'empêcher d'en parler à l'école ? Ça nous aurait attiré des ennuis. Tu penses certainement que c'est idiot et sans importance, mais ça ne l'était pas ; il y a eu tant de spéculations après la mort de ton père. Des gens se demandaient où étaient les diamants, et je n'en savais rien, je croyais qu'ils n'existaient pas. Un nombre incroyable de versions a couru sur sa mort et certaines étaient horribles.

Elle dessine un trait imaginaire avec le doigt en travers du carreau.

— Je ne voulais pas que tu les entendes, je voulais qu'on reste loin de tout ça. Que tout le monde nous laisse tranquilles. Je voulais me cacher ici, c'est tout. Mais les enquêtes et les interrogatoires de police se sont succédé. Les hommes du MI5[1] et du MI6[2] m'ont

1. Service de renseignement intérieur britannique. (N.d.T.)

2. Service de renseignement extérieur britannique. (N.d.T.)

posé question sur question. Il fallait que je garde le silence, en espérant que tout retomberait dans l'oubli, ce qui a fini par arriver, jusqu'à aujourd'hui.

— Et Oncle Derek ?

— Oui ?

— Est-il une coïncidence ou...

— Il a été envoyé ici, ma chérie. Et depuis, les choses ont changé.

— De quelle façon ?

— Il pourrait partir s'il le voulait, il n'y a plus de danger.

Je me mords la lèvre.

— Est-ce que tu le voudrais ? demandé-je.

Maman tapote un coussin en reniflant.

— Scarlett, je suis désolée, vraiment désolée de t'avoir menti, de t'avoir dit que ton papa était en prison, de t'avoir laissé croire que c'était un criminel.

Elle relève la tête pour me regarder.

— Je t'en prie, crois-moi quand je te dis que je n'avais pas le choix. J'aurais tant aimé pouvoir te dire la vérité. Je préférerais mille fois que tu sois fière de ton père. Bien sûr. C'était un homme merveilleux...

Elle renifle encore, puis donne un coup de poing dans le coussin.

— ... mais je devais assurer ta sécurité.

Préférerais-tu...

Ellie et moi sommes couchées. Elle n'a pas son lapin et je l'entends pleurer sous ses couvertures. Elle dort encore ici ce soir car Maman part tôt à la maison de retraite demain.

Ellie n'a pas voulu raconter à son père que Mme Gayton lui avait volé sa peluche, alors j'ai fait promettre à Maman de ne pas le lui dire non plus. Maman a accepté en précisant qu'elle toucherait un mot de cette affaire à Mme Mason.

Ce serait le moment de parler à Ellie de Mme le maire et de son chauffeur en uniforme, mais je doute qu'elle soit d'humeur à écouter. C'est drôle, je ressens vraiment l'envie de me confier à elle désormais, je veux qu'elle soit au courant de tout ce que je sais, même si je persiste à penser qu'elle s'habille comme si elle sortait droit de *Mon Petit Poney*, qu'elle sait trop de choses, et qu'elle a parfois une voix gnangnan et un sourire benêt. Je la considère presque comme un membre de la famille.

Je lui fais confiance. Elle a menti pour moi et je sais qu'elle ne cafardera pas.

— Ellie ?

— Oui.

— Est-ce que tu veux que j'aille récupérer ton lapin à l'école ?

— Non.

— Ce serait simple pour moi, tu sais.

— Non. Tu t'attirerais encore plus d'ennuis. Merci, mais non. De toute façon, ta mère t'a pris tes outils, alors tu ne peux pas.

Elle a raison. Toutefois, je sais où ils sont : sous le lit de Maman. Je pourrais les prendre, m'infiltrer dans l'école et taguer les murs.

Mme Gayton sent mauvais.

Mme Gayton sent plus mauvais que les toilettes des garçons.

En vrai, Mme Gayton est une extraterrestre.

Je pourrais l'écrire en vert, de la couleur du sang des extraterrestres.

C'est alors que j'ai la vision des deux occupants de la voiture de Mme le maire en train de m'observer.

Je frissonne.

De toute façon, je suis censée bien me comporter ; je suis censée faire de bonnes actions.

— Ellie ?

— Oui.

J'entends un froissement de tissu et une odeur de lessive traverse la pièce. Elle me dérange moins maintenant. Je m'y suis presque habituée.

— Préférerais-tu...

— Quoi ?

— Préférerais-tu partir une semaine en vacances avec Mme Gayton ou être obligée de courir chaque jour ?

— Courir.

— D'accord. Préférerais-tu partir en vacances avec Mme Gayton ou chanter *Au-delà de l'arc-en-ciel* nue devant toute l'école ?

— Chanter *Au-delà de l'arc-en-ciel.* J'arriverais même à danser.

— D'accord.

Je réfléchis.

— Préférerais-tu partir en vacances avec Mme Gayton ou manger une limace ?

— Manger une limace.

— Deux limaces ?

— Trois.

— Tout un bocal ?

— Berk, un bocal de limaces !

Elle éclate de rire.

— Ellie, dis-je en me redressant si brusquement que je me cogne la tête contre le sommier de son lit. Le chauffeur de Mme le maire a essayé de me faire du chantage le lendemain du jour où on a ramené les manchots ici. Il possède l'enregistrement d'une caméra de surveillance qui me montre en train de voler les bonbons dans la confiserie.

Les yeux d'Ellie sont encore plus grands sans lunettes.

— Vraiment ?

— Oui. Il m'a parlé de mon père aussi, il a dit que c'était un voleur. Et Mme le maire a mentionné « ses diamants », que mon père lui aurait pris.

— Papa les trouve bizarres.

— Je suis d'accord avec lui. Ils font peur, sans compter qu'ils apparaissent partout à l'improviste avec leur voiture.

— Que peuvent-ils bien vouloir ? se demande Ellie, ses yeux étincelant dans le noir.

— La boîte. Ils veulent la boîte de Papa.

Que cherche-t-on ?

Nous sommes assises par terre, ma lampe de nuit à un millimètre du tapis pour que la lumière ne soit pas visible de l'extérieur de la chambre.

Ce n'est pas le moment que Maman ou Oncle Derek nous rendent visite.

Ellie prend le paquet de cartes postales, dont elle retire les photos qu'elle empile sur le côté.

— Que cherche-t-on ? demande-t-elle.

— Je ne sais pas, quelque chose qu'on n'a pas remarqué jusqu'ici.

J'aligne le contenu de la boîte sur le tapis.

Autant en emporte le vent, marqué à la page 39.

La clé.

Le message dans la pellicule.

Et puis, j'aimerais bien aller chercher la trousse à outils sous le lit de Maman, pour la mettre dans mon sac. J'ai envie de me venger à l'école. Les élèves ne sont pas autorisés à apporter des objets coupants, mais si Mme Gayton les découvrait, je trouverais bien une excuse.

Peut-être même que je me défendrais si elle me plaquait contre le mur en me faisant une prise d'étranglement comme dans les opérations commandos. À moins que je ne finisse par lui donner les crochets.

Je passe en revue les photos, où je trouve une carte jaunie dans une pochette de la taille approximative d'une carte de crédit. *Bibliothèque de Dampmouth Bay, carte de lecteur.*

Je la tends à Ellie. Elle y jette un coup d'œil.

— Regarde, dit-elle au bout d'un moment. « Richard McNally », au crayon juste ici.

Je lui reprends la carte des mains avec empressement. Les lettres, à peine visibles, sont tracées dans une belle écriture cursive. L'écriture de Papa ?

Je flaire la carte. Elle a une odeur de vieux.

Je regarde dans la pochette et j'aperçois au fond un papier rose plié.

Mes doigts ne parviennent pas à l'attraper, alors j'essaie avec un crayon, sans succès. Ellie ôte ses lunettes et nous utilisons la partie recourbée d'une des deux branches pour l'extraire.

Une fois déplié, il est aussi grand et de même forme que la pochette. Je l'aplatis sur le tapis.

« Réservé pour vous : *Les boîtes aux lettres, mortes ou vives,* par G. G. Krimpas. »

— Réservé pour vous ? dis-je en contemplant Ellie d'un air perplexe.

Elle me retourne le même regard.

— Bibliothèque, déclare-t-elle sans hésitation.

— Avant l'école, ajouté-je.

Une brève histoire de surimi

Oncle Derek est silencieux ce matin. Il ne cesse de me regarder, comme s'il craignait que je sois prise d'un accès de folie. Vraisemblablement, il veille sur moi comme il a dit à Maman qu'il le ferait. Il est encore en pyjama, un modèle pour homme, bleu, dont l'odeur d'adoucissant empeste la cuisine. Je me demande s'il lave aussi sa moustache à l'adoucissant pour qu'elle pique moins.

Il emballe notre déjeuner à la perfection, après avoir préparé en paquets individuels des sandwichs au jambon et au pain blanc agrémentés de plusieurs autres ingrédients. Pour mes repas du midi, Maman, elle, me donne toujours des restes de la veille au soir, parfois délicieux, la plupart du temps très embarrassants. Ce n'est pas très tendance d'apporter à l'école des lentilles et du riz complet, même si, personnellement, j'adore les deux.

Cela dit, je me moque d'être différente.

— Papa, on part de bonne heure, annonce Ellie en engloutissant sa dernière cuillère de céréales.

— Je vais vous accompagner avec Syd, déclare Maman. Je l'emmènerai en poussette à la crèche après.

Ellie me regarde.

— On va à la bibliothèque, dis-je.

— Pour chercher des informations sur un travail qu'on doit faire pour l'école, ajoute Ellie avec empressement.

— Ça ne me gêne pas, répond Maman. Je ferai le détour avec vous.

Nous longeons l'aérodrome. Maman bavarde avec Ellie. Je marche devant. J'aimerais bien qu'elles accélèrent le pas. Tout en avançant, je me demande comment nous allons nous débarrasser de Maman à la bibliothèque. Elle nous posera forcément des questions.

Nous dépassons l'aérodrome et nous engageons sur le chemin qui mène en ville.

Deux minutes plus tard à peine, une voiture s'arrête à notre hauteur.

— Voulez-vous qu'on vous dépose quelque part ?

C'est la voiture de Mme le maire. Le chauffeur s'est penché à sa fenêtre, l'air guilleret.

— Vous allez en ville ?

— Non, dis-je.

— Mais si, intervient Maman. C'est très aimable à vous de proposer. Montez, les filles.

Ellie reste clouée sur place ; moi aussi.

— Allez... insiste Maman en asseyant Syd sur la banquette arrière. Merci beaucoup, vraiment, ajoute-t-elle à l'intention de Mme le maire qui se pousse un peu.

— De rien, déclare l'énorme femme en faisant des risettes à mon petit frère. Cette voiture existe grâce à l'argent public, il est donc normal que j'en fasse profiter les citoyens. Et puis, nous connaissons bien ces deux demoiselles.

— Je m'en doute... les manchots, n'est-ce pas ? répond Maman dont les joues s'empourprent. Montez, les filles, nous répète-t-elle.

Ellie et moi finissons par nous exécuter.

— Quelle histoire ! reprend Mme le maire.

— Ne m'en parlez pas, acquiesce Maman. Vous l'avez appris aux informations ?

— Mansot, bafouille Syd non sans s'essuyer les mains sur la jupe de Mme le maire.

Elle lui décoche un regard mauvais avant de se forcer à sourire.

— Oui, à la télévision, dit-elle. Oh que oui... à la télévision. N'est-ce pas, Gerald ?

— Oui, grommelle le chauffeur.

— D'ailleurs, après cet incident, nous sommes allés voir ces célèbres manchots, reprend Mme le maire. L'affaire a fait grand bruit, mais nos deux petites demoiselles ont agi sans penser à mal, n'est-ce pas ?

La voiture roule silencieusement dans les rues.

Je suis coincée entre Mme le maire et Maman. Je peux à peine respirer. Ellie s'est installée sur un drôle de petit siège intégré à celui du chauffeur. L'avant de la voiture est séparé du reste du véhicule par une vitre, que l'homme a laissée ouverte pour suivre la conversation. En fait, si l'habitacle était plus petit, on se croirait dans un taxi. Mais il est assez grand pour contenir la totalité de notre classe.

Avec Mme Gayton et Mme Mason.

— Depuis quand vivez-vous dans notre belle ville ? demande Maman. Trois ans environ, n'est-ce pas ?

— Oui, je crois, répond Mme le maire en tripotant son sac à main.

Elle sent le maquillage, le parfum capiteux, les théâtres, et ressemble davantage à la femme qui s'occupe du train fantôme sur la jetée qu'à une élue.

— Vous appréciez Dampington ? s'informe Maman.

— Oh... oui, c'est un endroit très plaisant, n'est-ce pas, Gerald ?

— Oui, grommelle le chauffeur.

— Mais vous êtes de... Londres, n'est-ce pas ?

— Oui, répond Mme le maire d'un air embarrassé. Disons londoniens d'origine, mais nous aimons à penser que nous sommes d'ici maintenant, n'est-ce pas, Gerald ?

— Oui, grommelle le chauffeur.

— Où allez-vous exactement ? demande Mme le maire.

— Oh, j'oubliais, s'excuse Maman. Les filles vont travailler à la bibliothèque et j'accompagne Syd à la crèche.

— Quelle coïncidence ! Nous avons rendez-vous à la bibliothèque ce matin, n'est-ce pas, Gerald ? lance Mme le maire en se penchant pour attirer l'attention de son chauffeur.

— Oui, ma chérie, répond-il. Ça tombe bien, nous pourrons y déposer ces jeunes filles.

Ma chérie ? Est-ce ainsi que ce chauffeur s'adresse à Mme le maire ? Je me demande où elle a trouvé les voix nécessaires à son élection. Je lève la tête vers elle. Qu'elle est imposante ! Elle a probablement étouffé les autres candidats.

— Ce serait parfait, les remercie Maman.

— Non, dis-je.

— Scarlett ! s'exclame Maman en me donnant un petit coup de coude.

Je regarde fixement par terre. Ce qui se passe est grave, très très grave.

Maman effleure des doigts la portière capitonnée.

— Quelle belle voiture, commente-t-elle.

— Oui, n'est-ce pas ! répond Mme le maire.

Ce disant, elle appuie sur un bouton et une porte coulissante s'ouvre qui révèle un petit placard éclairé rempli de bouteilles et de verres étincelants.

— Excellent ! s'esclaffe Maman.

— 'Core ! 'Core ! fait Syd en tapant des mains.

— N'est-ce pas ? dit Mme le maire à Maman. Je peux me prendre des petits remontants entre mes rendez-vous ! s'esclaffe-t-elle à son tour.

Son énorme corps se secoue de rire. Le mien, collé au sien, est obligé de suivre le mouvement. Je suis prisonnière de son flanc adipeux.

Elle ouvre son sac à main et en sort un tube de bonbons qu'elle me présente.

— Tu en veux un ? me demande-t-elle.

Je refuse poliment, mais Syd en prend trois qu'il gobe en une fois.

La voiture poursuit sa traversée silencieuse de la ville jusqu'à ce qu'elle atteigne la bibliothèque devant les marches de laquelle elle se gare.

Vif comme un ressort, le chauffeur saute sur le trottoir pour nous ouvrir la portière. Nous descendons l'un après l'autre, Maman en premier, Mme le maire en dernier. Elle a presque besoin d'un palan tant elle est énorme.

— Merci infiniment, lui sourit Maman, tout heureuse.

Et elle s'en va. Syd se tourne dans sa poussette pour nous dire au revoir de la main.

— Maman... soufflé-je.

Elle me regarde et me souffle un baiser.

— À tout à l'heure, Scarlett !

— Allez, les filles, on monte les marches ! nous lance Mme le maire.

Dans la bibliothèque, je respire à peine. J'ai les doigts serrés sur la pochette jaune et me demande comment nous allons trouver quoi que ce soit. Mme le maire est allée parler à la bibliothécaire.

Le chauffeur, lui, nous talonne.

— Alors comme ça, vous aimez lire ? nous demande-t-il, goguenard.

— Oui, répond Ellie.

Elle se dirige d'un pas décidé vers la section des ouvrages de référence. Elle s'accroupit devant le rayonnage du milieu. Je la rejoins et tire au hasard des livres que je feuillette d'un air faussement passionné.

Le chauffeur a contourné l'étagère et sa tête apparaît soudain au-dessus des nôtres.

— Alors, Scarlett, tu as réfléchi ? me harcèle-t-il.

Je reste muette.

— C'est ennuyeux que tu ne répondes pas, car on commence à perdre un peu patience. Alors, je crois qu'il faut que je précise certaines choses.

J'arrange les livres devant moi : *Gengis Khan, une biographie* ; *Une brève histoire de surimi*. Ellie étudie les titres avec attention, sans s'intéresser au chauffeur, dont je sens le regard directement sur ma tête.

— Maintenant qu'on a rencontré ta charmante maman et ton adorable petit frère, je crois qu'on va faire plus ample connaissance avec eux.

Il ôte sa casquette et la fait tourner sur son index. L'idée me traverse l'esprit de larguer un gros livre sur son crâne presque chauve. *50 façons de faire du compost*, peut-être ?

Soudain, Ellie pousse un petit cri. Je ne la regarde pas, je n'ose pas.

— Bref, poursuit le chauffeur. Ta mère et ton frère sont très gentils et, de toute évidence, ils acceptent de monter en voiture avec nous sans aucun problème. Ils ont l'air de bien nous aimer. Ce serait dommage qu'il leur arrive quoi que ce soit.

Là-dessus, il se redresse et rejoint Mme le maire devant le bureau de renseignement.

Auto tamponneuses

Nous courons jusqu'à l'école sans nous arrêter. L'exercice me fait du bien car il m'oblige à respirer et je ne pense pas l'avoir fait depuis une demi-heure au moins.

En revanche, je n'ai pas reparlé depuis que nous avons quitté la bibliothèque.

Je n'ai aucune envie d'évoquer les propos que le chauffeur m'a tenus. Je refuse de les laisser entrer dans mon esprit. Je veux les oublier.

— Je l'ai trouvé, m'annonce soudain Ellie qui s'essouffle derrière moi.

— Quoi ?

— *Les boîtes aux lettres, mortes ou vives.* Je l'ai glissé dans mon sac.

Une pause s'impose. Je plonge sous un Abribus.

— Comment ? !

— Il était sur l'étagère, m'apprend-elle en haletant.

— Montre-moi !

Elle sort le précieux objet de son sac. C'est un tout petit ouvrage relié dont la couverture marron est tachetée de moisissure.

— Tiens, me dit-elle.

Je le prends et le feuillette.

Rien n'en tombe, rien ne dit que c'est l'exemplaire que mon père a utilisé.

La sonnerie de l'école retentit.

C'est l'heure de la classe.

Je me sens mal. J'ai envie de leur donner cette sacrée boîte, la clé, et tout le reste. Pendant le cours de mathématique, je n'ai pas cessé de penser à Maman et à Syd. Je me suis demandé où ils étaient et s'ils avaient accepté de remonter en voiture avec Mme le maire, que personne ne suspecterait...

Ellie ne semble pas inquiète. Peut-être parce que son père est policier ; il peut toujours se porter à son secours, la garder hors de danger. Nous sommes cachées dans la bibliothèque de l'école, où j'ai consulté le livre de façon plus méthodique et l'ai trouvé étonnamment assommant. D'après ce que j'ai entendu dire de Papa, j'aurais pensé que ses lectures seraient plus vivantes. Les pages sont couvertes de kilomètres de noms russes, avec des têtes de chapitres telles que : « Les idiosyncrasies du cas Gargle ». Elles ont un pouvoir entièrement soporifique et je n'ai réussi à en poursuivre la lecture qu'en me persuadant encore et encore qu'elles renfermaient un indice d'une importance cruciale.

Malgré son manque d'intérêt à vous faire hurler d'ennui, Ellie et moi finissons par découvrir la définition d'une « boîte aux lettres morte ». C'est un endroit public ou un objet en libre accès utilisés par des espions pour transmettre des messages. Comme un paquet de céréales dans un supermarché ; ou une soucoupe à sucre dans un café ; ou encore dans les consignes d'une gare.

Malheureusement, cette information ne m'avance pas beaucoup dans ma recherche.

— C'est sans espoir, soufflé-je en rendant le livre à Ellie.

Je prends sur une étagère un album de bande dessinée et je vais m'affaler dans un pouf. Je ne peux réprimer la pensée que Papa a eu une mauvaise idée de me transmettre cette boîte.

J'allais parfaitement bien avant qu'elle n'entre dans ma vie.

Certes, je m'ennuyais un peu, mais tout de même...

Depuis que je l'ai reçue, c'est constamment les montagnes russes. Non, pas les montagnes russes, les auto tamponneuses ou les tasses géantes, celles qui vous font vomir.

— Scarlett, regarde ! s'exclame Ellie.

Elle agite le livre sous mes yeux. Je continue à n'y voir que des listes interminables de noms insignifiants.

— Ce livre est la boîte aux lettres morte elle-même, bredouille Ellie.

— Vraiment ?

— Regarde !

Elle me montre la page cinq. Le « F » de « Fondamentalement » est souligné.

— Et regarde ici, poursuit-elle.

Elle tourne quelques pages.

« ... Alors demandez-vous... » Le « A » est souligné.

Nous scrutons chaque page et prenons note des lettres marquées :

F. A. Z. A. C. K. E. R. L. E. Y.

— Fazackerley ? prononcé-je.

Le seul Fazackerley que je connaisse est la grande demeure du même nom. Une demeure qui se visite et dont la cour et les jardins sont agrémentés d'une cafétéria et de quelques boutiques.

En moins d'une nanoseconde, Ellie se connecte à l'ordinateur de la bibliothèque en tapant le mot de passe de Mme Gayton et va sur Internet.

— Demeure de Fazackerley, dit-elle en tapant le nom en même temps.

Il apparaît à l'écran des photos d'une grande maison de briques rouges, d'une enseigne de cafétéria, et de jardins emplis de personnes âgées. J'y suis allée avec Maman.

— « Ouvert tous les jours, de 10 à 17 h. Situé à trois kilomètres de Dampmouth Bay et huit de Dampington » lit Ellie. Bingo !

— Comment se fait-il que tu aies le mot de passe de Mme Gayton ? lui demandé-je, stupéfaite.

Vertiges

Je me sens pleine d'allant dans le bus qui nous ramène de l'école à la maison. Ellie descend en premier. Elle prend le livre sur les boîtes aux lettres mortes – elle pense apparemment que ce sera une bonne lecture de chevet – et bien que Melissa et Amber chantent à l'arrière : « Scarlett, Scarlett, donne-moi ta réponse s'il te plaît... », je me sens assez à l'aise.

Nous avons fait une découverte qui n'était pas dans la boîte de Papa.

Nous en savons davantage que Mme le maire et son chauffeur.

Nous savons où nous devons aller.

Je nous imagine déjà dans les couloirs de la demeure de Fazackerley, tombant sur un coffre rempli de secrets que les propriétaires actuels n'avaient jamais remarqué. Ils nous sont si reconnaissants qu'ils le partagent avec nous et me donnent un DVD que Papa a réalisé avant de mourir et dans lequel il me dévoile les détails de sa vie.

Mme le maire et son chauffeur n'apparaissent pas du tout dans ce scénario.

J'arrive juste au passage où Papa annonce qu'il est toujours en vie lorsque j'entends la voix du chauffeur de bus.

— Oh oh... dit-il. Il y a un problème.

Deux voitures de police sont garées sur l'allée en gravier qui mène aux cressonnières. Même de ma place, je constate aussitôt que la fenêtre de la cuisine est brisée et qu'elle a été forcée.

— Ohhh... crient les sorcières.

Je ne réponds pas. J'ai la bouche et la gorge sèches, je suis prise de vertiges. Je descends du bus sans prononcer un mot et m'approche lentement de la maison.

Un policier, accroupi sous la fenêtre de la cuisine, prend des photos du sol.

— Attention... scène de crime, m'avertit-il. L'accès est interdit.

— Que s'est-il passé ? demandé-je. Où est Maman ?

— Brigadier ! lance le policier par la fenêtre. La petite vient d'arriver. Attends ici, ma chérie, me dit-il.

Je vais me poster devant la porte principale.

Ma porte.

Je me sens totalement engourdie.

Je n'arrive plus à réfléchir.

Où est Maman ?

Où est Syd ?

L'attente me paraît durer des heures. Je regarde les hirondelles piquer vers les cressonnières et gober des mouches comme si de rien n'était.

Une buse passe majestueusement au-dessus de ma tête.

Puis des pas se font entendre dans l'escalier et la porte s'ouvre en grand. Maman apparaît, Oncle Derek sur les talons. Il a Syd dans les bras.

— Scarlett ! s'exclame-t-elle en se précipitant vers moi les bras grands ouverts.

Elle a pleuré.

— On a été cambriolés.

Je la laisse me serrer contre elle. Cambriolés ? Je pense à notre télévision vieille de vingt ans et à notre ordinateur portable d'occasion.

— Qu'ont-ils volé ?

Oncle Derek laisse Syd glisser à terre.

— On attendait que tu nous le dises.

J'ai de nouveau la nausée.

— Pourquoi ?

— Parce c'est ta chambre qu'ils ont mise sens dessus dessous.

Policiers

La maison a une drôle d'odeur. Elle sent ce que Maman appelle « la transpiration mâle », mêlée à l'après-rasage.

Quatre policiers sont présents. Le premier est Oncle Derek, le second semble préparer un thé et les deux derniers saupoudrent tout de poudre grise.

— Vous avez besoin de mes empreintes ? m'informé-je.

Oncle Derek me tapote la tête.

— Pas besoin, ma chérie. Tes mains sont petites, comme celles de Syd. Elles sont faciles à identifier.

— Viens, mon ange, murmure Maman.

Son visage sourit, mais je perçois un tremblement dans sa voix, comme si elle se retenait de pleurer.

Le bruit de mes pas sur les marches résonne dans ma tête ; la barrière de sécurité pour Syd me paraît plus imposante que d'habitude et le palier, plus triste et plus sale.

La porte de ma chambre est couverte de poudre grise, alors je la pousse d'un coup d'épaule.

Et d'un bon coup, parce qu'elle veut à peine bouger.

Ils ont raison. Ma chambre est sens dessus dessous.

Entièrement.

Les lits superposés sont renversés, comme s'il y avait eu un tremblement de terre. Le sol disparaît sous des centimètres de vêtements, d'animaux en peluche et de jeux. Par-dessus se trouvent les livres, jetés ouverts des étagères et qui ressemblent à des mouettes aux ailes brisées.

J'ai envie de hurler et pleurer en même temps, mais je reste là, clouée sur place, muette devant le désastre.

— Scarlett ?

Oncle Derek me tient le bras.

— Peux-tu regarder ce qui te manque ?

Je cherche d'abord mon MP3, mon appareil photo. Tout est là. Le vieux magnétophone est encore branché, mais les cassettes que j'ai achetées à une vente de charité ont disparu.

Bizarre.

Je continue de regarder, en tentant de me rappeler où les affaires se trouvaient avant le passage du cyclone cambrioleur.

Je repense aux outils de Papa, mais ils étaient dans la chambre de Maman.

Heureusement, sinon ils auraient été sous mon lit avec le reste des affaires qui se trouvaient dans la boîte.

La boîte. Les photos de Papa.

Je fouille frénétiquement « sous mon lit », là où elle était quand je suis partie le matin.

Elle n'est nulle part. Elle a disparu.

Je trébuche sur les affaires qui jonchent le sol. Je les ratisse avec les doigts. Je ne retrouve ni les photos, ni les cartes, ni le livre. Pas même un morceau de carton aplati.

Je secoue la tête de dépit et des larmes me montent aux yeux ; j'ai perdu tout ce que Papa m'avait transmis, mais à haute voix, je dis :

— Mis à part quelques vieilles cassettes, j'ai tout.

— Vraiment ? Vraiment tout ? s'étonne Oncle Derek.

Je confirme d'un signe de tête en reniflant.

J'ai tout perdu sauf ces idiots d'outils.

Puis je sens la clé autour de mon cou et la carte de lecture de la bibliothèque dans ma poche.

Presque tout.

— Étrange, marmonne-t-il. Étrange, répète-t-il en faisant cliquer le bouton de son chronomètre.

Des frites au four

Nous dormons chez Oncle Derek.

Pour une fois, je n'y vois pas d'inconvénient.

Il s'est occupé de la cuisine pendant que Maman appelait quelques amis, et pleurait et riait et buvait des dizaines de tasses de thé.

Nous avons mangé des frites au four, des bâtonnets de poisson, des petits pois surgelés et du maïs en boîte. C'était délicieux. Nous étions tous assis autour de la table. Syd trônait dans l'ancienne chaise haute reluisante d'Ellie, qu'il s'est empressé de recouvrir de ketchup.

C'était presque comme si le cambriolage n'était jamais arrivé.

Et comme si nous étions une famille normale qui dînait toujours ensemble.

Sauf que le souvenir de la boîte de Papa ne m'a jamais vraiment quittée, ni la conviction que je devais agir, et vite.

Je réfléchissais à un moyen de me renseigner discrètement sur la demeure de Fazackerley quand Ellie a pris la parole.

— Papa, a-t-elle bredouillé.

— Oui, mon chou, lui a répondu Oncle Derek avec un large sourire.

— Scarlett et moi devons aller à Fazackerley.

Je n'aurais pas présenté le problème de cette façon. Comment expliquer notre brusque intérêt pour des vieilles pierres ?

D'ailleurs Maman a demandé aussitôt :

— Pour quoi faire ?

Exactement. Pour quoi ? J'ai fusillé Ellie du regard.

Elle m'a dévisagée.

— Pour un devoir, ai-je suggéré.

— Un jeu, a-t-elle spécifié.

Maman et Oncle Derek nous ont regardées d'un air surpris, comme si nous venions de nous transformer en hamsters.

— Un jeu ?

Si les sourcils de Maman avaient pu se rejoindre au milieu, ils l'auraient fait.

— Comme devoirs ? a renchéri Oncle Derek.

— De-oirs, Arlett, a dit Syd en traçant un sillon dans le ketchup avec un bâtonnet de poisson.

Oncle Derek a servi à tout le monde une coupe pleine de boules de glace roses parfaitement rondes, puis s'est emparé du bâtonnet de poisson avec lequel Syd jouait.

— Les devoirs sont bons pour la santé, a-t-il déclaré. Ils font travailler les neurones.

Je pourrais donner des tas de définitions du mot « devoirs » ; aucune ne comporterait l'expression « bons pour la santé ».

— Je vais vous y conduire, nous a proposé Oncle Derek gaiement.

— Quelle excellente idée ! Merci, Derek, lui a dit Maman avec un large sourire en lui posant la main sur le bras.

Ils se sont embrassés.

C'était il y a des heures. La maison est très silencieuse maintenant.

Bien qu'Oncle Derek et Ellie ne fassent pas vraiment partie de ma famille, je suis contente d'être chez eux et d'y passer la nuit.

Juste cette fois.

À cause du cambriolage.

Maman, Syd et moi avons pris le grand lit double d'Oncle Derek. J'aurais pu dormir avec Ellie, mais j'ai choisi Maman, je mourais d'envie d'être près d'elle.

À mon avis, personne ne dort profondément, mais je me sens en sécurité. Même si partager un lit à trois n'est pas très confortable et que la chambre empeste le déodorant d'Oncle Derek. Lui couche en bas, sur le canapé ; Houdini lui tient compagnie.

Nous avons été obligés de le prendre avec nous à cause des bris de verre que nous n'avons pas encore ramassés dans notre cuisine.

J'imagine qu'Houdini s'est étalé sur le visage d'Oncle Derek.

J'écoute le léger ronflement de ce dernier, la respiration de Syd, et la masse d'équipement électronique d'Ellie qui se recharge pendant la nuit.

La maison bourdonne.

L'abat-jour au-dessus de moi ressemble à une méduse. Je ne pense pas que ce soit sa forme réelle, mais l'obscurité sait jouer des tours parce que je vois même des yeux et des filaments.

Je me blottis contre Maman et malgré moi, je repense au cambriolage.

Je sais qui l'a commis, bien sûr.

Mais je ne peux pas le dire.

Une belle collection de pinces à sucre

Même si elle ne nous accompagne pas puisqu'elle doit remettre la maison en ordre, Maman est ravie que nous allions visiter la demeure de Fazackerley.

De son côté, Ellie est heureuse que son père nous accompagne : elle n'aura pas besoin de marcher.

Le problème, c'est qu'Oncle Derek prend Syd et qu'il nous attendra sur place avec lui, ce qui compliquera nos recherches.

Cela signifie aussi que Maman sera seule à la maison.

— Maman, ne pars avec personne, ne monte dans aucune voiture, d'accord ? lui dis-je.

— Pourquoi ça, mon ange ? me demande-t-elle, surprise.

— Je veux juste... Sois prudente, c'est tout. Si quelqu'un te propose de te conduire quelque part, n'accepte pas.

— C'est moi qui suis censée te donner ce genre de conseils, non ? s'esclaffe Maman.

Elle ne me prend pas au sérieux.

— Je t'en prie, Maman. Je veux que tu me le promettes.

Elle m'embrasse sur le front.

— Il serait étonnant que je trouve le temps de mettre le nez dehors. Et si je sors, je me conduirai moi-même, aller et retour. Je n'aurai pas besoin d'accepter l'offre d'étrangers. De toute façon, les collègues de Derek reviennent relever les empreintes aujourd'hui. Je ne serai pas seule.

— D'accord, mais fais attention, insisté-je en mettant mes baskets. J'ai fait un drôle de rêve et ça m'inquiète.

— Bien, ma chérie, répond Maman. Je ferai encore plus attention que d'habitude.

Des tonnes de vieilles personnes ont garé leurs voitures impeccables dans le parking. Celle d'Oncle Derek s'intègre parfaitement au paysage. Si Syd n'avait pas recouvert de marques de doigts l'intérieur de sa vitre, il serait impossible de savoir qu'elle appartient à un homme relativement jeune.

D'autant que, comme les chauffeurs de taxi, Oncle Derek a équipé son siège conducteur d'un de ces couvre sièges en boules de bois qui vous massent le dos. Il dit que c'est ergonomique.

Nous suivons le défilé du troisième âge jusqu'au guichet.

Il leur faut des heures pour acheter leurs billets. Syd commence à pleurnicher et je remarque qu'Oncle Derek meurt d'envie de s'élancer au pas de course sur les belles pelouses vertes du jardin. Je regarde tout autour de moi et me rends compte que je ne sais absolument pas ce que je cherche.

Le sourcil en accent circonflexe, Ellie attire mon attention et pointe discrètement l'index vers un guide touristique. J'acquiesce d'un signe de tête et elle en glisse un exemplaire dans la main de son père.

— Dix-sept livres ? s'écrie celui-ci d'une voix étranglée.

— Oui monsieur, lui répond la vendeuse en lui tendant trois tickets. Le guide coûte trois livres cinquante et la demeure abrite la plus belle collection de balances du pays.

— Sans compter une magnifique aile orientale, intervient un conférencier qui passe par là.

Oncle Derek se tourne vers nous.

— Vous êtes sûres de vouloir y aller ?

Ellie secoue la tête avec détermination.

— Il faut bien qu'on fasse nos devoirs, affirme-t-elle. Le livre nous y aidera beaucoup aussi.

Ellie est en passe de devenir une habile menteuse.

La demeure est phénoménalement assommante. Sa salle des balances du XVIIIe siècle en particulier. Mais nous devons tout examiner. Chercher des notes, des serrures partout où Papa aurait pu laisser un message.

Ellie semble s'intéresser à tout, mais c'est peut-être une ruse. Syd essuie sa bave sur les tapisseries et exige de la glace.

Oncle Derek reste piégé avec lui dans une salle où un conférencier a décidé qu'il lui présenterait par le menu leur belle collection de pinces à sucre.

— Les filles ? lance-t-il bientôt en forçant son chemin vers la porte. Vous en avez vu assez ?

— Mais Papa, lui répond Ellie en claquant le livre sur sa cuisse, on n'est même pas allées dans l'aile orientale.

Ni elle ni moi n'avons lu une seule ligne du livre.

— C'est vrai, j'avais oublié, soupire Oncle Derek.

Nos regards se tournent vers Syd. Il est descendu de sa poussette et flâne en chantant *L'Araignée Gypsie* en boucle, et à tue-tête.

Oncle Derek se ravise.

— En fait, reprend-il, je crois que je vais emmener Sydney dans les jardins pour lui acheter une glace et le laisser se dégourdir un peu les jambes.

Il consulte sa montre.

— On se retrouve en bas dans trente-deux minutes exactement.

— D'accord, Papa, dit Ellie.

Ombre à paupières vert pâle

Malheureusement, le projet tombe à l'eau, car, une seconde plus tard, le téléphone d'Oncle Derek sonne. Il est appelé pour un départ de feu suspect à l'autre bout de la ville.

— Les filles, je suis vraiment désolé. Soit je vous dépose au passage, soit je vous laisse ici.

— On reste, répondons-nous en chœur.

— Vous êtes sûres ?

Oncle Derek a l'air inquiet et soulagé à la fois.

— Comment allez-vous rentrer ?

— En bus, dit Ellie au moment où je dis : « À pied. »

— À vous de décider, mais ne vous faites pas raccompagner par des étrangers. Tenez, voici un billet de cinq pour votre goûter.

Au bout du compte, nous gardons Syd avec nous. Oncle Derek allume le gyrophare bleu sur le toit de sa voiture et démarre.

Tickets en main, nous nous présentons à l'entrée de l'aile orientale. Syd est dans sa poussette et nous portons chacune un sac à dos.

— Oh que non... vous ne pouvez pas venir ici avec toutes ces affaires. Où sont vos parents ?

L'homme au visage poilu est vêtu d'un épais costume en tweed. Visiblement, il préférerait être chez lui à regarder un match de cricket qu'ici à s'occuper de visiteurs comme nous.

— Nous sommes seuls, lui dis-je.

— Mais mon père est policier, précise Ellie.

— Même si c'était la reine d'Angleterre, il serait hors de question que vous ameniez... ça... ici dans cet état, rétorque-t-il en pointant le doigt vers Syd.

Je baisse les yeux vers mon petit frère. Il se lèche les paumes des mains. Qui sont la partie la plus propre de sa personne.

L'homme s'accroupit. Il pense probablement qu'il est plus charmant à cette hauteur, ce qui est faux ; il est juste moins grand.

— Écoutez, reprend-il. Il y a des toilettes dans le jardin, avec des casiers. Vous pouvez y mettre tout votre chargement, nettoyer... ça..., dit-il, le doigt de nouveau pointé vers Syd, et à ce moment-là, je vous laisserai peut-être entrer.

— Peuh ! fait Ellie alors que nous marchons vers les toilettes.

Comme d'habitude, mon esprit pense à des expressions beaucoup plus grossières.

— Tu crois que l'indice se trouve dans cette aile orientale ? me demande Ellie.

— Je n'en sais rien. Je ne sais même plus ce qu'on cherche.

Mes rêves de coffres remplis de secrets se sont effondrés et j'ai envie de rentrer à la maison avant de mourir d'une indigestion d'histoire.

— On cherche des diamants. Tu as perdu la tête ou quoi ? me répond Ellie en sortant un caillou de sa chaussure.

Oui, sans doute, nous cherchons des diamants. Mais en réalité, je crois que je cherche Papa.

— Caca ? s'exclame Syd en sautant de sa poussette.

Il traverse la pelouse, le jardin de la cafétéria au milieu d'une foule de retraités qui se tiennent là, tasse, avec sous-tasse, à la main, et poursuit son chemin sur l'allée goudronnée. Syd peut être rapide quand il le décide, surtout quand je pousse une poussette et qu'Ellie porte deux sacs à dos.

— Syd ! hurlé-je.

Alors que je traverse à mon tour le jardin de la cafétéria, un mouvement attire mon attention.

C'est eux. Mme le maire et son chauffeur.

Je m'arrête net et Syd m'imite puisque je ne le poursuis plus. Ellie, elle, s'efforce de nous rattraper.

— Qu'est-ce qu'il y a ? souffle-t-elle, haletante et pliée en deux.

Je me penche vers elle.

— C'est eux. Le duo municipal.

— Vraiment ?

Ellie redresse vivement la tête.

— Du calme, ils ne peuvent rien nous faire, lui dis-je. Il y a trop de monde.

— Comment ont-ils su qu'on était là ? interroge Ellie d'un air inquiet.

Je repense au livre, *Boîte aux lettres*, mais il est en sécurité chez Ellie et c'est lui qui nous a conduites ici.

— Ils ont dû nous suivre.

— Alors ça, ça fait vraiment peur, déclare Ellie.

Nous reprenons notre avancée vers Syd. Bien que je veuille surveiller les mouvements de Mme le maire et de son acolyte, je m'efforce de ne pas tourner les yeux dans leur direction.

J'ai néanmoins remarqué que l'homme ne porte pas son costume gris habituel. Il arbore à la place une chemise bleue tachée par la transpiration. Il se fraie un chemin périlleux à travers les tables, chargé d'un plateau sur lequel tremblent une théière et deux tasses, des *scones*, de la confiture et du lait. Il asperge plusieurs vieilles dames de gouttes d'eau bouillante, ce qui provoque des remous.

À l'extrémité du jardin, Mme le maire effectue des retouches de maquillage à l'aide de produits qu'elle a dans son sac à main mauve brillant. Elle s'admire dans un minuscule miroir, mais je parie qu'elle l'utilise pour surveiller les lieux. Son teint est plus ou moins orange, ses paupières vert pâle, et ses lèvres cramoisies. Son énorme séant déborde des deux côtés de sa petite chaise en bois et je ne peux m'empêcher de penser à ce qu'a dit Ellie : elle a raison, Mme le maire ressemble à un arbre de Noël clinquant, surtout au milieu de ce public vieillot et uniforme.

Ellie et moi reprenons notre chemin vers les toilettes comme si de rien n'était. J'ai réussi à rattraper Syd et je le tiens par la main. Il n'a bien évidemment aucune idée de ce qui se passe, mais il a compris qu'il était de nouveau l'objet de nos attentions, et il réussit à s'enfuir une deuxième fois.

Heureusement, il ne repart pas vers la cafétéria, mais s'éloigne au pas de course vers les toilettes. Il nous faut cinq précieuses minutes pour le coincer, après qu'il a eu le temps d'entrer comme une fusée côté hommes et d'en ressortir en criant : « Pue ! » Il est devant les casiers lorsque je parviens à l'immobiliser et à le prendre dans mes bras avec fermeté.

— Arlett, dit-il en enfonçant ses doigts dans mes narines.

— Je crois que c'est vraiment l'heure de partir, soupiré-je.

Ses doigts ont glissé sur mon cou et je le sens qui tire la clé. Il y met tant d'énergie que le lacet se casse et que la clé atterrit en cliquetant sur le sol en béton.

C'est la copie conforme des clés des casiers.

La dernière framboise acidulée

— Lequel ? demande Ellie.

Il y a des centaines de casiers et j'ai peur que le chauffeur n'apparaisse dans la seconde.

Je tourne et retourne la clé dans ma main comme si elle pouvait d'elle-même nous pointer vers la bonne serrure. J'attrape Syd par le poignet et me redresse tout en passant mentalement en revue les affaires qui se trouvaient dans la boîte.

« Allez, Papa, aide-moi ! C'est lequel ? »

Je me souviens alors du livre, *Autant en emporte le vent.*

— Numéro 39, dis-je en marchant avec assurance vers le casier correspondant.

Incroyable. C'est le bon.

La clé tourne en douceur. Les yeux fermés, j'ouvre la porte. Vais-je faire une autre découverte décevante ?

— Qu'est-ce que c'est que ça ? s'exclame Ellie à voix haute.

Je regarde aussitôt. Une sorte de cahier de brouillon maintenu fermé par des élastiques est plaqué contre la paroi du fond. À ce cahier est attachée par une vieille ficelle rouge la boîte tout abîmée d'une maquette à construire.

J'empoigne les deux et, combattant l'impérieuse envie de les ouvrir sur-le-champ, je les range dans mon sac.

— Parfait, conclut Ellie. Maintenant, dehors et vite !

— Peuh... dit Syd. Veux glace.

— NON ! hurlons-nous en chœur.

Ellie prend les deux sacs à dos sur ses épaules pendant que j'attache Syd dans la poussette.

— GLACE ! hurle-t-il alors que je pointe le nez à la sortie des toilettes.

Son cri est assez bruyant pour briser un verre de cristal.

— Tu ne pourrais pas le faire taire ? s'agace Ellie.

Je fouille les poches de mon jean à la hâte. J'y ai toujours la dernière des framboises que j'ai volées, collée dans son sachet en papier, et un serpent recouvert de petites peluches.

— Tiens, dis-je à Syd en mettant ma trouvaille dans ses mains collantes.

Là-dessus, nous sortons du bâtiment en trombe et nous dirigeons d'un pas vif vers la sortie.

— On prend le bus ? demande Ellie.

— On marche, décidé-je. Direction le passage pour piétons. Sinon, on sera coincés au bord de la route et il sera facile pour eux de nous cueillir.

Mme le maire et son chauffeur font semblant de se concentrer sur leurs *scones*, mais ils sont installés de manière à avoir pleine vue sur les grilles. Il est impossible que nous les passions sans qu'ils nous remarquent.

Zut.

— Il nous faut une autre sortie, dis-je à Ellie en traînant la poussette en marche arrière sur le gravier.

— Derrière la maison peut-être ? suggère-t-elle.

J'entends de l'affolement dans sa voix.

La mienne a les mêmes intonations.

Nous passons discrètement près du gardien acariâtre en tweed. Il finit d'ingurgiter en douce un pâté en croûte. Apparemment, il ne nous a pas vus car il se lève et ne détecte les ornières laissées dans le gravier par la poussette qu'après avoir nettoyé et rechaussé ses lunettes.

Nous tournons à droite dans une cour. Au fond, devant un mur haut mais pas impossible à escalader – du moins pour moi –, se dresse un tas de bûches.

Aujourd'hui, Ellie porte une jupette bleue à fleurs. C'est malin.

Ce n'est pas l'idéal pour grimper.

Ce n'est pas l'idéal quelles que soient les circonstances.

Je sais qu'Ellie va avoir du mal à franchir l'obstacle, d'autant que les pierres, couvertes de mousse, de feuilles et de moisissure, ont l'air râpeuses et qu'elles se sont effondrées en leur partie supérieure.

— Comment va-t-on sortir d'ici ? gémit Ellie.

— Du calme, lui dis-je en fonçant vers le tas de bois.

Je me hisse sur une bûche pour voir par-dessus le mur : de l'autre côté, des bocages s'étendent jusqu'à Dampmouth Bay.

— On va sortir par là, annoncé-je. Toi en premier. Je te donnerai la poussette quand tu seras passée.

— Je n'y arriverai jamais ! s'exclame Ellie, terrifiée.

— Je vais te faire la courte échelle.

— Mais ces pierres sont dégoûtantes, pleurniche-t-elle de sa voix la plus pathétique, la gnangnan.

— Ellie ! Ce n'est pas le moment ! hurlé-je. Qu'est-ce que tu préfères : te salir ou être rattrapée par le duo ? !

Je tends mes deux mains en coupe ; elle place sa sandale rose toute propre dessus.

— Je ne veux vraiment pas faire ce que tu me demandes, Scarlett, se lamente-t-elle. J'accepte uniquement parce que tu es mon amie.

Je redresse la tête et regarde ses yeux mouillés de larmes derrière ses lunettes ridicules. Amie ? Nous partageons donc le même sentiment ?

— Je n'ai aucune envie de le faire non plus, lui dis-je un peu plus gentiment. Alors, finissons-en. Pose une main sur ma tête et l'autre sur le mur.

Une fois qu'elle s'est exécutée, je la pousse vers le haut de toutes mes forces. Ce faisant, je lui râpe la jambe droite contre les pierres, mais elle atteint la margelle et disparaît par-dessus.

— Aïe ! s'écrie-t-elle.

— Quoi ? dis-je d'un ton impatient.

J'ai besoin de me concentrer. Je tiens Syd par le poignet et j'essaie une nouvelle fois de résoudre ce fichu problème mathématique qui exige de déterminer comment faire passer de la berge d'une rivière sur l'autre renard, mouton, laitue, limace, canard et je ne sais quoi encore sans que rien ne soit dévoré. Dois-je commencer par la poussette ou par Syd ?

— Je me suis piqué les fesses dans les ronces, se plaint Ellie de l'autre côté de la muraille. En plus, c'est rempli de bouses de vache ici.

Alors que je sors Syd de la poussette et le coince entre mes jambes, des bruits de pas crissent sur le gravier. Quelqu'un se déplace de ce côté-ci de la maison. Je ne réfléchis pas davantage.

— Ellie, attention, j'envoie la poussette !

Je pousse l'engin par-dessus le mur et l'entends s'écraser sur les épines.

— Aïe ! répète Ellie. Je me suis piqué la main.

— Désolée, mais tiens-toi prête, je fais passer Syd maintenant.

Je grimpe sur une bûche et soulève mon petit frère. Lui pose les pieds sans aucune difficulté sur le rebord de pierre, sauf qu'il se redresse aussitôt avec l'air qu'il prend d'habitude quand il a décidé de s'échapper.

— Alors là, certainement pas ! lance Ellie d'une voix soudain très autoritaire.

Syd disparaît. Il y a un bruit mât, lui émet un petit cri, puis j'entends le clic que font les sangles de la poussette quand on les attache.

— Et voilà ! lance Ellie d'un ton satisfait.

Il ne reste plus que moi.

Je jette un coup d'œil à travers le buisson qui masque le coin de la cour où nous nous trouvons. Le chauffeur est en grande discussion avec le gardien en tweed. Ce dernier a l'index pointé dans notre direction.

Zut.

Les bûches sont irrégulières, la pile est donc instable. Or, je vais avoir besoin d'un point d'appui solide pour me propulser. Je ne trouve qu'une brouette, que je place le long du mur avant de grimper à l'intérieur. De là, j'arrive presque à poser un pied sur le rebord. Presque seulement.

Zut et double zut.

Je vais devoir utiliser la brouette comme un cheval-d'arçons. Je saute à terre, la tourne sur son flanc et la cale contre le mur.

— Ces galopins doivent être par là.

C'est le gardien en tweed.

— Vous êtes de la police, monsieur ? poursuit-il. Une des petites m'a dit que son père était policier.

Je m'efforce de réguler ma respiration.

— Police judiciaire, oui, répond le chauffeur. Pour la protection de Madame, alors pas un mot, s'il vous plaît.

— Fascinant, fascinant, se délecte le gardien en tweed.

Ils se rapprochent inéluctablement.

Comme ils savent déjà que nous sommes dans les parages, je m'aventure à sortir de derrière le buisson pour prendre mon élan.

— Là ! s'écrie le gardien en tweed.

— Je l'ai vue ! s'exclame Mme le maire. Scarlett, ma chérie...

Ils accourent.

« Allez, Scarlett, me dis-je. Tu peux y arriver. »

Je sautille un peu sur place puis, en trois longues et puissantes foulées, j'arrive près de la brouette. Je pose un pied ferme sur sa partie bombée et, alors qu'elle s'affaisse sous moi, je tends les bras et m'accroche au rebord du mur. Mes jambes me suivent, mais j'ai du mal à les coordonner et j'effectue un mouvement confus qui se situe entre un flip et un salto.

Lorsque j'atteins la margelle, je me donne une nouvelle impulsion en me poussant avec les pieds et j'atterris, prête à courir, bien au-delà des ronces. Ellie est déjà au milieu du champ, où elle se débat avec la poussette tandis que Syd hurle à tue-tête.

— Hé ! crie un homme derrière moi.

Le chauffeur ?

— Revenez ! crie un autre.

Le gardien ?

Je vole, comme s'il m'était poussé des ailes.

L'Araignée Gypsie

Nos forces se délitent une fois dans le deuxième champ. Ellie se plaint de la chaleur, des bouses de vache et des chardons. Syd se plaint, point. En chantant principalement.

— L'agnée Gypsie monte gouttère, l'agnée Gypsie monte gouttère, répète-t-il en boucle.

Il ne connaît que cette première phrase de la comptine et Gypsie ne tombe jamais par terre.

Notre épopée me fait penser aux manchots. Au moins, eux ne chantaient pas.

— Tu ne peux pas le faire taire ? dit Ellie à nouveau.

J'arrache une poignée de pissenlits que Syd se fait un plaisir de broyer immédiatement avec ses mains. Nous n'avons gagné qu'une nanoseconde de silence.

Nous continuons d'avancer, cahin-caha.

La grande évasion est un peu bancale.

Ellie m'a demandé de m'occuper de la poussette. Je comprends pourquoi : elle n'est absolument pas adaptée aux champs, aux pierres ou à la boue ; ses roues sont minuscules et les brins d'herbe mouillée s'y collent trop facilement.

Je m'arrête pour les nettoyer. Syd en profite pour glisser d'autres graines de pissenlit dans mon col.

Je regarde par-dessus mon épaule. Il est impossible que la femme puisse franchir le mur, peu importe combien d'hommes en tweed l'aideraient. En revanche, je ne suis pas si sûre de son ami le chauffeur. Il nous épie peut-être, déjà tapi derrière une haie.

Cette pensée me pousse à me relever et à lancer :

— Allez, Ellie, encore un petit effort !

— On ne pourrait pas faire une pause ? maugrée-t-elle tout en se remettant en route à contrecœur.

Nous atteignons la ville toujours au pas de course et nous faufilons le plus discrètement possible dans les rues jusqu'à la maison d'Ellie ; elle est plus proche de notre position que la mienne.

— Qu'est-ce qu'on fait si ton père n'est pas rentré ? m'écrié-je.

Il est là et il ouvre même la porte au moment où nous arrivons.

— Je me demandais où vous étiez passées, nous dit-il. Je m'apprêtais à venir vous chercher.

C'est alors qu'il écarquille les yeux.

Syd, qui hurle, a le visage ruisselant de larmes et sa poussette a bourgeonné comme une haie verte. Ellie n'offre pas un meilleur spectacle. Ses jambes sont marbrées de blanc et de rouge, hormis là où la peau est marquée des petites piqûres rondes laissées par les ronces, et elle a des feuilles dans les cheveux.

Ses parfaites sandalettes roses ne sont plus parfaites du tout.

Ni roses non plus d'ailleurs. Elles tirent davantage sur le marron bouse.

— Qu'est-ce que... commence Oncle Derek.

Je m'empresse de le couper.

— On s'est perdues.

— En voulant prendre un raccourci, précise Ellie.

— Tombé pa terre, ajoute Syd dans un élan de génie.

Le cahier

Syd et Oncle Derek regardent des dessins animés à la télévision en mangeant des beignets à la confiture. Oncle Derek regrettera d'avoir eu cette idée quand Syd s'essuiera les mains sur son canapé.

Le canapé blanc.

Ellie et moi sommes enfin dans sa chambre. Il n'a pas été aisé d'y monter. Oncle Derek nous a posé une tonne de questions en nous suivant partout pour ramasser la boue que nos chaussures laissaient sur son sol immaculé. Ellie est parvenue à garder son calme, je suis restée muette, et Syd... Syd n'a pas la moindre idée de ce qui s'est passé.

Nous sommes assises par terre, devant ce que nous avons trouvé dans le casier. Un cahier de brouillon, voilà ce que nous avons trouvé. Des pages et des pages couvertes de photos et de coupures de journaux, qui remontent pour certaines à 1985.

Il y a d'autres choses aussi. De jolies étiquettes, des ronds à bière, des timbres, des emballages de produits étrangers. Je feuillette le tout sans lire quoi que ce soit. Je m'arrête uniquement sur les photos.

Une facture de restaurant attire soudain mon attention. *Pizza margherita avec supplément d'olives, de champignons et de câpres.* C'est ce que je commande toujours.

Bizarre.

Il y a un reçu pour douze paires de chaussettes noires. Je plisse les yeux et, bien que je sois dans la chambre d'Ellie, je vois presque Papa. Il portait toujours des chaussettes noires. Des chaussettes noires avec des chaussures marron.

Je retiens mon souffle pour ne pas sentir l'odeur de lessive qui empeste la chambre et j'essaie de raviver l'image de Papa.

Sa silhouette agile m'apparaît enfin. Il franchit le seuil de notre maison. Il tient un bouquet de fleurs jaunes enveloppé dans du papier cellophane blanc à dentelle et j'ai le sentiment de humer leur parfum. Il porte ses chaussures marron, une veste, un jean, et il sourit ; il rit même peut-être. Ses cheveux bouclés, que le soleil au-dehors éclaire, forment un halo autour de sa tête, et je suis surprise par ses yeux qui étincellent au milieu de son visage hâlé.

Il me dit quelque chose et je m'extasie. Visiblement, j'attendais ce moment avec impatience ; peut-être est-ce mon anniversaire ? Maman apparaît soudain dans mon champ de vision et se jette dans les bras de Papa. Ils s'enlacent. Ce souvenir entier est baigné de soleil.

Puis il s'efface.

Je me sens gaie et triste à la fois. Ma mémoire a momentanément redonné vie à Papa. J'essaie de m'accrocher à son image, de le faire revenir dans la pièce, sans succès, alors je reprends mon étude du cahier.

Sur une autre page se trouve le papier d'emballage marron et graisseux d'une tourte. À côté ont été collés trois petits talons de tickets verts d'un ferry en Cornouailles. Pour deux adultes et un enfant.

Je les effleure du doigt. Ils sont plats maintenant, mais ils ont été courbes puisqu'ils sont sortis d'une de ces anciennes machines à rouleau. Je ferme les yeux pour écouter. L'homme tourne la manivelle deux fois par ticket. Puis je me vois devant un triangle d'eau, sous une voûte de branches noires. Je lève la tête, comme si j'étais dans une poussette. J'aperçois le duffle-coat de Maman et les jambes de Papa. J'ai froid et un moteur tremble sous mes pieds. Autour de moi, je sens une odeur d'essence, de mer et de tourte.

— Regarde ça ! s'exclame Ellie.

Je sursaute et reviens dans la chambre nauséabonde envahie de piles de peluches et de coussins roses.

Ellie tape du doigt avec véhémence sur une grande coupure de journal.

— Scarlett, regarde ! répète-t-elle.

Mes yeux lisent les mots sans les comprendre. « Émeraudes » et « gangsters » sont difficiles à ignorer, mais ils ne m'intéressent pas beaucoup. Je reste fascinée par ces moments de vie que Papa a agencés dans l'album. Des moments que j'ai partagés avec lui et qui m'en apprennent davantage sur sa personne.

À cet instant précis, je n'ai pas envie de penser que c'était un espion. Ellie, elle, si.

— Si tu refuses de lire, écoute au moins, insiste-t-elle. *Ce soir, l'Émeraude Fedora, cinquième des plus grosses pierres précieuses jamais découvertes, et l'une des plus parfaites, est de nouveau sous la bonne garde du Trésor royal de la Reine. Volée durant la Seconde Guerre mondiale alors qu'elle avait été sortie de sa vitrine pour être nettoyée, elle avait ensuite été localisée à Berlin, Paris, Rome et Moscou, avant de disparaître totalement en 1980. La rumeur la disait alors aux mains de gangsters ouzbeks impliqués dans un trafic d'armes. D'après des sources proches du Trésor, c'est une mission secrète qui a permis de récupérer ce joyau qui sera désormais protégé à Londres par des gardes armés.* Ils parlent de ton père, conclut Ellie.

— Comment le sais-tu ? Il n'a peut-être rien à voir avec cette affaire, dis-je en renversant d'un coup de main une pile de nounours.

— Pourquoi aurait-il conservé cette coupure de journal ? s'étonne Ellie. Qui garderait des articles en l'honneur d'autres que soi ? Mon père, lui, ne découpe que ceux qui parlent de nous.

Je hausse les épaules. Pour moi, cette histoire relève du conte de fées, pas de la vraie vie.

— Écoute ça aussi, reprend Ellie. *Les documents dérobés le mois dernier dans la serviette du ministre de l'Intérieur ont été retrouvés dans un bureau de Whitehall. Bien que des sources gouvernementales tentent de minimiser l'incident, il semblerait que ces documents soient importants pour notre sécurité nationale. Interrogé sur leur découverte dans ce bureau de Whitehall, le porte-parole du gouvernement a refusé de répondre.*

— D'accord, aboyé-je soudain. Il volait ce qui avait été volé, et alors ? On le savait déjà, ton père nous l'a dit.

— Oui, mais maintenant, nous en avons la preuve. Et c'est la preuve qu'il faisait le bien : il n'agissait pas pour son bénéfice personnel.

— Et alors ?

De quel côté tourne-t-on les yeux quand on ment ?

Je suis d'humeur maussade. Je ne cesse de regarder le cahier, dans lequel je continue de chercher des détails sur Papa. Je voudrais qu'il y ait écrit quelque chose de personnel, un mot qui me soit adressé.

Mais pour autant que je puisse voir, il ne s'y trouve rien de secret, alors je descends le poser sur la table immaculée d'Oncle Derek quand Maman rentre.

— Oh, Scarlett, j'avais jamais vu ce cahier. C'est fantastique ! s'exclame Maman en feuilletant les pages.

Elle rit en découvrant la facture de restaurant, frotte l'étiquette des chaussettes entre ses doigts comme pour ressusciter le souvenir de Papa aussi. Elle lève la tête vers moi, les yeux pleins de larmes.

— Scarlett, où l'as-tu trouvé ?

Je n'avais pas pensé qu'elle pourrait me poser cette question.

J'appelle Ellie à l'aide du regard, mais comment pourrait-elle intervenir ? Elle hausse les épaules en silence.

C'est alors que j'ai un éclair de génie :

— Il était avec les outils que le notaire de Papa a apportés.

Je retiens mon souffle et me concentre pour la prochaine question.

— Pourquoi ne me l'as-tu pas montré avant ? Pourquoi n'avoir rien dit ?

Ellie me pousse du coude.

— J'ai... oublié.

Cette fois, Maman et Oncle Derek relèvent tous deux la tête du cahier pour m'étudier. Quand on ment, je crois qu'on tourne les yeux à gauche, alors je les dirige vers la droite. J'espère que le mouvement n'est pas trop ostensible.

Un silence assourdissant s'installe. Même la mouche sur la fenêtre a arrêté de bourdonner pour écouter.

— Comment peux-tu avoir oublié un album pareil ? me sonde Maman. Il contient tant de souvenirs de ton père.

Je n'ai pas de réponse, alors je dis :

— Je ne sais pas.

— Oh, regarde... s'adoucit Maman. Une des cartes postales qu'on lui a envoyées en prison.

Celle-ci montre un canot de sauvetage de la flotte de Dampmouth et elle est adressée à la maison d'arrêt de Wormwood Scrubs.

— Quand on lui envoyait des cartes, je pensais toujours avec tendresse au fonctionnaire qui venait les collecter et les plaçait dans une enveloppe pour les faire suivre à ton père par avion.

— Pourquoi ? demandé-je.

— Parce que c'était grâce à cette personne que ton père recevait de nos nouvelles. On nous faisait une faveur. Sans ces cartes, je n'aurais eu aucun contact avec lui.

— Oh...

Je sens sur moi le regard intense d'Oncle Derek. Il se revoit sans doute en train de nous raconter que Papa était un espion et il doit se demander ce que je savais en réalité ou non. Je n'ose pas vérifier, mais à mon avis, il a l'air et l'attitude qu'il arbore quand il essaie de résoudre un crime.

Embarrassée, Ellie tousse et s'occupe à caresser Houdini.

— Ha... reprend Maman qui vient de tourner une autre page du cahier. Je me souviens de cette affaire, dit-elle, le doigt pointé vers l'article sur l'Émeraude Fedora. Et de celle des documents aussi... si je me rappelle bien, ils sont allés jusqu'à Berlin.

— Regarde ça ! s'exclame soudain Oncle Derek en soulevant une des dernières pages.

Il a l'air bizarre. Peut-être parce qu'il pense que je mens, ou parce que c'est la première fois que Papa est si présent.

— Quoi ? demande Maman.

— *Le club de vacances de Moonshine a reçu un don anonyme de cinq cent mille livres… etc. un porte-parole… etc. aucune idée de sa provenance… laissé en espèces sur leur pas de porte.*

Maman se renfrogne. Elle lève la tête vers Oncle Derek, mais lui examine toujours le cahier.

— Et ça, poursuit-il : *M. Eustace Golden, héros de guerre, âgé de quatre-vingt-neuf ans, peut désormais apprécier sa maison en toute tranquillité puisqu'un donateur anonyme a sauvé l'avenir de la rue en finançant des réparations essentielles au maintien de toutes les maisons… etc. devant leur porte, en liquide.*

— Ah bon ? s'étonne Ellie.

— Et là…

Maman l'interrompt et lit elle-même :

— *Happy Hedgehogs, un refuge pour animaux sauvages situé dans l'Exmoor, qui était jusqu'ici en danger de fermeture, célèbre le don de deux cent cinquante mille livres qui vont permettre la rénovation et l'expansion de ses bâtiments existants… etc. valise devant leur porte.*

— Mince alors… bredouille Oncle Derek.

Il va chercher dans le réfrigérateur un bol de bâtonnets de carottes parfaitement coupés.

— Mince alors... répète-t-il. Des valises, hein ? Mince alors.

— Est-ce que ça signifie que le père de Scarlett donnait son argent ?

Maman acquiesce d'un signe de tête. À mon avis, si elle ouvrait la bouche, elle fondrait en larmes, mais Oncle Derek, lui, n'a pas ce problème.

— Exactement, répond-il. Il était payé en diamants, les vendait et donnait l'argent correspondant. Pas étonnant que personne n'ait jamais rien trouvé après sa...

Il s'interrompt, l'air embarrassé : il ne peut pas dire « mort ».

— Il ne se contentait pas de donner de l'argent, il le distribuait pour des bonnes causes, déclare Ellie en examinant le cahier par-dessus l'épaule de Maman.

— Exactement, répète Oncle Derek. Alors ça...

Il secoue la tête en croquant un autre bâton de carotte.

— Chapeau. Quelle incroyable façon de lever des fonds pour des causes caritatives ! Quand je pense que j'ai du mal à rassembler cinq cents livres avec un marathon... lui jouait dans la cour des grands.

Il mâche son bout de carotte et des petits morceaux orange réussissent à se frayer un passage jusque dans sa moustache. Il ne s'en rend pas compte, car il réfléchit.

Je regarde Ellie. À mon avis, elle et moi pensons à la même chose : au chauffeur.

— Et ces gens qui le poursuivaient ? demandé-je. Vous avez mentionné le gang de Queenie, des gangsters de Londres, c'est ça ? Que cherchent-ils ?

— Que cherchaient-ils, précise Oncle Derek. Par le passé, dans tous les sens du terme. Ils sont presque tous derrière les barreaux, à l'exception de Queenie et de son frère. On n'a jamais rien pu trouver sur ces deux-là. C'étaient eux qui couraient le plus après ces diamants.

— Des diamants qui n'existent plus, déclare Ellie, puisque le père de Scarlett les a vendus.

— Exactement, répond Oncle Derek. C'est sans doute pour cette raison qu'ils ont renoncé à poursuivre Scarlett et Carole.

— Excuse-moi... murmure Ellie à Houdini, qui s'est étalé sur ses pieds.

Alors qu'elle essaie de bouger, notre chat lève la tête vers elle et plante ses griffes dans ses chaussons roses.

— Aïe ! gémit Ellie.

— C'est merveilleux, déclare Maman, distraite. Je suis vraiment heureuse que tu aies ce cahier, Scarlett. Comme c'est bon d'avoir quelques souvenirs de lui.

— Hum... marmonne Oncle Derek.

Je suis persuadée qu'il m'étudie, aussi je détourne le regard pour me concentrer de nouveau sur le cahier. Oncle Derek décide de nous servir de la glace, de parfaites petites boules roses dans des coupes de la même couleur.

Maman, elle, continue de tourner les pages de l'album. Je commence à compter : six, sept, huit cas de dons impromptus à des œuvres de bienfaisance. Neuf, dix... il y en a des tas. Papa a dû distribuer des milliers et des milliers de livres sterling. Mais il n'a quand même pas choisi ce travail extrêmement risqué uniquement pour distribuer l'intégralité de ses salaires ? Ce serait une façon ridiculement ardue de lever des fonds pour des œuvres de charité ; toute personne normalement constituée choisirait de préparer du thé, de faire des gâteaux ou de vendre des vêtements d'occasion, au lieu de s'infiltrer dans des bâtiments de haute sécurité, protégés par des caméras de surveillance et des mitraillettes, dont il était tout aussi dangereux de ressortir.

N'importe qui le préférerait.

Oncle Derek me tend une coupe de glace.

Peut-être Papa aimait-il le risque ?

Peut-être voulait-il que je fasse de bonnes actions comme lui ? Peut-être m'a-t-il laissé les outils, la boîte et le cahier à cette fin, non pour courir partout à sauver des manchots, mais pour une autre raison.

Il paraît évident qu'il ne m'a pas légué ses diamants. Je sais que je ne le devrais pas, mais je suis un peu déçue qu'il les ait tous vendus.

J'aurais bien aimé en posséder quelques-uns.

C'est alors que je repense à la clé et aux indices : pourquoi ne m'a-t-il pas simplement laissé le cahier ? Pourquoi ne l'a-t-il pas remis à Maman ? Pourquoi se donner tant de peine ?

Je prends une cuillère de glace rose et apprécie la sensation glacée sur ma langue.

Pourquoi laisser des messages partout ? Il aurait pu les confier à Maman, qui me les aurait transmis ; après tout, c'est un héritage dont on peut être fier. Elle aurait pu me dire elle-même de regarder toujours plus haut et de continuer la gymnastique.

Je prends une autre cuillerée de glace qui craque contre mes dents.

Et si son intention était de me mettre à l'épreuve ? Seuls les braves ont droit à un trophée... sauf que si le trophée n'est qu'un cahier, pourquoi en faire un tel secret ?

Je pense à Mme le maire et à son chauffeur. Eux courent après les diamants et ne veulent rien d'autre. Ils doivent donc considérer qu'ils existent. Si Papa a exigé que la boîte me soit transmise le jour de mes onze ans, c'est qu'il devait espérer que ces deux individus abandonneraient leurs recherches entre-temps. Mais si les diamants n'existent pas, pourquoi me harcèlent-ils ?

Tous ces mystères me dépassent. Je devrais peut-être tout arrêter et parler de Mme le maire à Oncle Derek. Ce serait plus sage.

Le problème, c'est que Papa ne l'était pas, et moi non plus.

Je me frotte les yeux en secouant la tête.

— Ça va, Scarlett ? me demande Ellie qui essuie avec ses doigts un gros morceau de glace qui s'est collé sur son menton.

Double saut périlleux arrière carpé

Toute l'école va nager ce mercredi. Pour une fois, la direction a bien choisi car la météo prévoit un temps magnifique.

Bien que nous soyons près de la mer, nous nous rendons à la Piscine commémorative du jubilé d'or de la reine de Dampmouth Bay, qui se trouve en réalité à Dampmouth Sands. Quand on compare les deux communes, la première paraît vraiment fascinante par rapport à la seconde. En effet, outre la piscine, cette dernière n'a comme attraction d'intérêt en bord de plage qu'un château gonflable taché de moisissure et qui sent les réfrigérateurs mal nettoyés.

Malgré tout, j'aime bien cette piscine. Ellie et moi y avons pris un cours de secourisme le trimestre dernier.

C'est Oncle Derek qui nous y a forcées, pour le cas où nous tomberions dans la grande citerne derrière les cressonnières. Ce que j'ai appris ne me servira jamais, mais j'ai bien aimé plonger en pyjama pour aller récupérer une brique au fond de l'eau. Certes, cet examen de fin de stage était un peu étrange. Comme l'a dit Ellie : « Qui a jamais eu besoin de sauver une brique en pleine nuit ? »

Mme le maire est venue nager aussi. Je ne vois sa voiture nulle part, mais c'est bien elle ; une énorme femme à la peau orange dans un maillot de bain massif couleur citron vert. Elle torture une chaise longue juste à côté du maître nageur.

Il me faut un moment avant de trouver le chauffeur. Il nous observe depuis l'autre extrémité de la piscine. Je feins l'indifférence. Le seul aspect rassurant de leur présence ici est qu'ils ne sont pas après Syd et Maman.

Mme Gayton se tient sur le côté du bassin, d'où elle nous impose un nombre incalculable de longueurs. Quant à Mme Mason, elle a pris place sur un transat et lit un numéro de son magazine favori, *Les Secrets de la ponctuation.*

Comme j'ai terminé mes quinze longueurs de brasse, je m'accroche au rebord du bassin et j'attends les autres. Ellie arrive juste après moi, c'est une bonne nageuse aussi. Nous ne manquons pas de fixer un regard éloquent sur Melissa, Jessica et Amber, qui ont du mal à avancer.

Je dois admettre que je prends beaucoup de plaisir à les voir souffrir.

— Combien de longueurs avez-vous faites, les filles ? leur demande Mme Gayton.

Melissa et Jessica échangent un coup d'œil furtif avant de répondre :

— Quatorze, madame.

Amber, elle, est trop essoufflée pour prononcer un seul mot.

— Tu parles, murmure Ellie. Elles en sont à trois, et encore.

Bien que Mme Gayton torde les lèvres d'un air sceptique, elle attend que les sorcières terminent leur « dernière » longueur et donne un coup de sifflet retentissant comme elle aime le faire. Elle a remis son short militaire, accommodé cette fois de grandes claquettes blanches qui révèlent ses cors aux pieds.

— Bien, lance-t-elle. Tout le monde hors de l'eau. Prochain exercice : les plongeons.

— Oh... minaudent Melissa et Jessica. On est tous obligés de plonger, madame ?

L'espace d'une seconde, j'ai peur que Mme Gayton ne les dispense de l'exercice, mais Mme Mason lève le nez de son magazine.

— Tout le monde se doit au moins d'essayer, jeunes filles, leur lance-t-elle. Parce que si vous ne le faites pas maintenant, vous ne le ferez jamais.

Oui !

Je m'efforce de ne pas rire en voyant Jessica faire un plat magistral. Elle atterrit sur l'eau comme une tranche de pain pita mouillée. Melissa suit et rate son coup également : elle tombe les bras croisés sur la tête pour se protéger. Amber se dégonfle en prétextant qu'elle souffre du pied. Dommage, elle nous prive d'un autre spectacle.

— Ne vous inquiétez pas, les filles, les rassure Mme Gayton. Plonger n'est pas facile à maîtriser au début. Ça me rappelle un championnat auquel j'ai participé. Je n'en avais jamais fait d'aussi difficile : une planche de six mètres, un double saut périlleux arrière carpé avec demi-tire-bouchon et entrée sans éclaboussures.

Mme Gayton se frappe la cuisse de la main.

— Fabuleuse. J'ai été fabuleuse.

J'essaie d'imaginer Mme Gayton en maillot de bain, jeune et souple. Sans y parvenir.

Melissa et Jessica s'assoient près de la planche et regardent d'un air légèrement inquiet la ligne de garçons se jeter l'un après l'autre dans l'eau depuis le bord de la piscine.

Le tour d'Ellie arrive et elle effectue un joli petit plongeon, presque sans éclaboussures.

Mme Gayton ne réagit pas.

Je finis en fin de queue. Mme Gayton a fait en sorte d'appeler tout le monde avant moi. Même Sam Lewis passe d'abord. Il s'élance dans les airs comme une fusée et retombe dans un aplomb parfait avant de disparaître jusqu'au fond de la piscine comme un oiseau de mer. Mme Gayton renifle et consulte sa montre.

Je m'apprête enfin à plonger lorsqu'un mur d'eau se soulève. Interloquée, j'essaie de comprendre ce qui vient de se passer. Tous les regards sont rivés sur ce que je crois d'abord être une immense fleur verte qui aurait éclos au milieu du bassin.

C'est Mme le maire. En réalité, sa jupette ressemble à une feuille de nénuphar et le reste, à une bonne grosse grenouille.

Il s'installe un silence embarrassé, bientôt brisé par les garçons qui commencent à pouffer. Mme Gayton les fusille du regard et m'ordonne d'avancer.

— À toi, Scarlett, maintenant, me lance-t-elle.

Je me concentre. Pour cela, j'imagine que mes jambes sont soudées l'une à l'autre au niveau des genoux et je me redis que mes orteils doivent être la toute dernière partie de mon corps à pénétrer dans l'eau. Mon plongeon est presque parfait. Je sens la pression liquide me comprimer le corps puis, les yeux fermés et les bras tendus devant moi, je remonte vers la surface. J'aime la sensation que l'on éprouve quand on traverse cette masse d'eau, alors je prends mon temps. Au moment où j'émerge, je vois passer devant moi les claquettes de Mme Gayton, avec ses pieds, puis le reste de son corps. Tout disparaît dans le bassin.

— Que s'est-il passé ? s'écrie Mme Mason qui s'est levée d'un bond.

Sam Lewis se précipite vers son groupe d'amis, au milieu duquel il se cache. Ils se tordent tous de rire.

— Elle est tombée ! lance-t-il. Elle a glissé.

Nous scrutons tous l'eau. Je n'y vois que des millions de bulles et, en leur centre, la veste de survêtement de Mme Gayton qui flotte, gonflée comme un parachute.

Mme Gayton, elle, n'est toujours pas réapparue.

Le maître nageur ne regarde pas, il envoie un texto sur son téléphone portable.

Mme Gayton ne remonte toujours pas.

— Mais faites quelque chose, personne ne va-t-il donc réagir ! hurle Mme Mason en ôtant son cardigan.

L'expression des garçons change. Ils commencent à s'inquiéter et se replient vers la barrière. Melissa et Jessica scrutent l'eau avec l'air de personnes qui observeraient un phénomène vaguement intéressant dans un aquarium.

Personne ne bouge.

Je lève les yeux vers le chauffeur, mais il mange des sandwichs et s'amuse, lui aussi, avec son téléphone portable. Mme le maire, elle, se prélasse sur les marches au bout du bassin ; il paraît évident qu'elle n'a aucune intention d'essayer de sauver Mme Gayton.

Et moi ?

Mme Gayton, la parachutiste extraterrestre ?

Mme Gayton, la harceleuse ?

— Ellie ! hurlé-je. On ferait bien de...

Elle plonge. Je fais pareil, en canard, et la suis jusqu'au fond.

Notre institutrice est assise là, les yeux écarquillés. Elle agite les bras. J'en attrape un, Ellie l'autre, et ensemble, en prenant appui sur le sol du bassin, nous nous propulsons vers le haut. Cependant, Mme Gayton est lourde et elle semble ne pas avoir la moindre idée de la façon dont il faut remonter.

Je ne la comparerais pas à une brique. C'est pire. Elle pèse l'équivalent d'une palette de briques.

Un chapelet de bulles s'échappe de la bouche d'Ellie. Je commence aussi à manquer de souffle. J'approche la main des vieilles cannes de serin de Mme Gayton et la pince juste au-dessus du genou.

L'effet est instantané : sa jambe se tend, son pied percute violemment le fond. Ellie et moi profitons de cette réaction pour la tirer de toutes nos forces vers la surface.

Les mains du maître nageur apparaissent dans l'eau et s'emparent de tous les sifflets que Mme Gayton a autour du cou. Une façon comme une autre de sauver une vie. Nos têtes émergent une milliseconde avant l'institutrice.

— Ouf ! crie Ellie.

Je suis trop essoufflée pour produire le moindre son.

Mme Gayton n'est pas vraiment un être humain

Le fait est que Mme Gayton ne sait pas nager.

C'est évident puisque nous l'avons tous vue couler au fond de la piscine. Tout le reste n'est que rumeurs. Dans l'autobus qui nous reconduit à l'école, chacun révèle ce que son père ou sa mère dit.

Apparemment :

Le mari de Mme Gayton a émigré en Australie le jour après leur mariage.

Le week-end, Mme Gayton fait partie des catcheurs qui combattent sur la jetée.

Mme Gayton n'est pas vraiment un être humain, elle sort droit d'un jeu vidéo.

La mère de Mme Gayton s'appelait Godzilla.

En réalité, Mme Gayton est un homme.

Où que se trouve la vérité, nous ne revoyons plus Mme Gayton de la journée. Mme Mason reprend notre classe.

Et soudain, je suis au paradis : Mme Mason nous laisse dessiner, et écrire des poèmes sur la mer.

Après l'école, toujours au paradis, je prends le bus avec Ellie. Nous nous asseyons sur la banquette du milieu et personne ne se moque. En fait, Amber se pousse pour nous céder la place.

À quelques rangées de nous, les autres ont formé un cercle, mais pas l'un de ceux qui vous font comprendre que vous sentez mauvais. Cette fois, c'est un cercle qui indique le respect.

On nous regarde, on nous sourit ; on a un peu peur de nous aussi.

On dirait que, sans Mme Gayton, les sorcières n'existent plus.

C'est très agréable.

Moins agréable malheureusement est la longue voiture noire au petit drapeau sur l'aile avant qui nous suit.

À chaque coin de rue, elle réapparaît, ni trop loin ni trop près ; elle donne l'impression de flotter ; l'autobus ne la sème jamais.

— Ellie ! appelle le chauffeur. Vous êtes arrivées.

Nous sommes obligées de descendre – le chauffeur ne nous autoriserait pas à rester –, mais avant même qu'il ait redémarré, nous nous précipitons tête baissée dans une allée et courons jusqu'au terrain de golf, que nous longeons pour ressortir à l'autre bout de la rue d'Ellie.

— Ouf, on les a semés, dit-elle en insérant la clé dans la serrure. Quelle journée !

C'est alors que j'entends le doux ronronnement d'une voiture. Nous nous jetons à l'intérieur de la maison et claquons la porte derrière nous.

Puis je risque un œil par le carré vitré.

J'ai la bouche sèche.

La grande voiture noire s'immobilise lentement tout près des buissons au coin de l'allée.

Maman et Syd en descendent.

— Oh non... bredouillé-je.

— Oh ! souffle Ellie en se baissant par peur d'être vue.

— NON... dis-je.

— Quoi ? me demande Ellie.

— Elle les invite à entrer.

— C'est impossible.

Son énorme corps ballottant de tous côtés, Mme le maire sort de l'arrière du véhicule et monte les marches du perron.

— Ah non, pas ça ! s'écrie Ellie qui fonce vers l'escalier.

Le chauffeur s'approche à son tour pendant que Maman cherche son trousseau dans le désordre de son sac à main.

J'hésite une seconde de trop.

La porte s'ouvre.

— Oh, bonjour, ma belle, dit Mme le maire. Comme c'est charmant, tu vas te joindre à nous pour le thé ?

Maman s'affaire dans la cuisine. Elle sort des tasses et des sous-tasses. Mme le maire s'est installée dans le fauteuil inclinable d'Oncle Derek et joue avec les boutons. Le repose-pieds fait des va-et-vient incessants et les jambes saucisses de l'énorme femme suivent le mouvement. Le spectacle n'est pas beau à voir, sans compter qu'il me rend nerveuse.

Assis par terre, le chauffeur joue avec Syd. Mon petit frère fait rouler une voiture sur lui. Comme s'il le connaissait aussi bien qu'Oncle Derek. Le chauffeur lui fait un câlin maladroit et Syd cache sa tête sous le rebord de son veston.

Mon petit frère est vraiment heureux.

Moi pas. J'aimerais que ce duo infernal s'en aille et je ne sais pas à quoi m'occuper. J'ai essayé de me réfugier à la cuisine, mais Maman m'a renvoyée.

— Tiens compagnie à nos invités, m'a-t-elle dit en me tendant une assiette de biscuits fourrés à la confiture de prunes.

Tout en poursuivant sa routine dans le fauteuil, Mme le maire examine la pièce. Ses yeux vont du piano à la chaîne stéréo en passant par les abat-jour.

Puis, comme pour déterminer leur valeur, elle tâte le tissu des coussins qu'elle a à portée de main.

Maman continue de faire du bruit dans la cuisine, alors je baisse la tête. La vue n'est pas très originale. L'originalité ne fait pas vraiment partie du vocabulaire d'Oncle Derek. Le sol est beige, tout simplement. Le chauffeur, lui, tente d'attirer mon attention et je m'acharne à ne pas lui donner satisfaction.

Je m'absorbe tant dans mon mutisme que je l'entends à peine murmurer :

— Scarlett, le temps presse.

Je lève la tête malgré moi, au moment où Syd dépose un gros baiser sur son menton.

Décidément, il adore ce chauffeur.

Je suis impuissante. Mon sang se glace dans mes veines. J'ai peur que mon cœur s'arrête de battre.

— Syd, marmonné-je.

— Alors, ma chère Scarlett ? renchérit Mme le maire.

— Syd, viens ici, répété-je en tendant la main vers mon petit frère.

Il se blottit encore plus contre le chauffeur.

Mme le maire se penche.

— Mon petit canard, susurre-t-elle. Ce serait formidable si tu te décidais à nous aider, cela t'épargnerait des désagréments.

Je me souviens brusquement des biscuits.

— Syd, dis-je. Biscuit ?

Et je lui présente l'assiette.

— Moi j'aime, réplique Mme le maire.

Elle en saisit un avec ses longs ongles peints et l'avale.

Syd regarde le chauffeur avec tristesse, puis les gâteaux avec voracité. Il se détache de l'homme, s'élance vers moi à travers la pièce, s'empare d'un biscuit puis court se cacher derrière la télévision pour le manger.

Je respire un peu mieux.

— Le fait est, ma chère Scarlett, que nous avons vu la boîte que tu as reçue en cadeau, reprend Mme le maire. Mais nous avons été... déçus par son contenu.

Le chauffeur s'est levé. Il retourne les livres sur le tabouret du piano, feuillette les magazines sur la table basse. Il furète.

Puis il s'approche de mon sac d'école. Soulève une sangle, étudie ma réaction.

Le cahier de Papa est à l'intérieur.

Je fais mine de ne pas réagir tout en m'efforçant de respirer normalement.

Comme une personne normale. Mais mon cœur bat à tout rompre dans mes oreilles et je ne me sens absolument pas normale.

— Pour avoir bien connu ton cher Papa le criminel, déclare le chauffeur en passant la sangle sur son index, nous savons, comme tu le sais, qu'il a caché quelque chose, quelque part, qui nous appartient. Alors, tu as le choix : soit tu nous donnes tout ce que tu as, maintenant, et tu n'entendras plus jamais parler de nous, soit nous continuerons de te suivre jusqu'à ce que tu nous mènes à notre but. Peu importe si ça prend une éternité, nous avons déjà attendu cinq ans.

Les yeux toujours rivés sur moi, il balance mon sac au bout de son doigt.

— Aurais-tu peur que je trouve quelque chose d'intéressant ? dit-il entre ses dents.

Il tend la main vers la fermeture Éclair.

— Allez, ma belle, reprend Mme le maire. Pourquoi compliquer les choses ?

— C'est vrai, approuve le chauffeur. Ne joue pas les rabat-joie, Scarlett. Je serais désolé de gâcher les vacances d'été de ta mère.

Mon sac se balançant toujours sur son doigt, il traverse le tapis et vient se planter devant moi.

J'ai un mouvement de recul. Je veux mon sac, mais je veux surtout m'éloigner de cet homme. Mentalement, j'essaie d'établir la liste des affaires que j'ai prises à l'école. Il lui faudra traverser plusieurs couches de fatras avant d'atteindre le cahier. Il n'y a aucune chance qu'il le trouve du premier coup.

Enfin...

— Maman ! appelé-je soudain d'une voix étranglée.

— Man ! braille Syd. Arlett veut si.

Maman apparaît brusquement avec le thé.

— C'est prêt ! lance-t-elle.

La pièce s'emplit de mouvements et de sons, parmi lesquels le froufrou du tissu brillant de Mme le maire que le chauffeur, mon sac toujours à la main, aide précipitamment à se lever.

— Désolé, nous devons partir, déclare l'homme. Il nous reste encore beaucoup de visites à faire et de personnes à voir avant ce soir.

— Maman ! m'écrié-je. Il a mon sac !

Maman pose le plateau sur la table basse et observe tour à tour le chauffeur, puis moi.

— Je ne comprends pas, dit-elle.

— C'était charmant, intervient Mme le maire qui s'est enfin extraite du fauteuil.

Une cascade de miettes tombe de son ventre sur la moquette.

— Vous partez sans rien prendre ? s'étonne Maman.

— Oui, répond l'énorme femme. Merci, ma chère. Les biscuits étaient parfaits, nous sommes rassasiés. Mais j'allais oublier...

Elle fouille dans son sac, en sort un sachet de bonbons et en met un rouge brillant dans la main de Syd.

— Tiens, mon chéri. C'est pour toi, ma fleur.

Syd est rayonnant. Il irait n'importe où avec ces deux-là.

Ils sortent.

— Euh... excusez-moi, réagit enfin Maman, quoique d'un ton hésitant, sur le seuil de la porte. Pourrais-je récupérer le sac de Scarlett, s'il vous plaît ?

Sa demande reste sans réponse.

Mme le maire, déjà en route vers la voiture, avance par embardées au rythme des trous de l'allée dans lesquels ses talons se prennent avec régularité. Derrière elle, le chauffeur se retourne et me fait un clin d'œil.

Mais au moment où il s'apprête à jeter mon sac dans la voiture, je me précipite vers lui et le lui arrache des mains.

Il me décoche un regard noir.

Je fais pareil.

— Merci, Scarlett, bredouille Maman.

Elle a prononcé ces mots lentement, comme si elle essayait en même temps de comprendre ce qui se passe.

— En effet, dit le chauffeur en riant. Merci, Scarlett ! Tu es une petite futée qui répond bien à la plaisanterie. Heureux de t'avoir revue...

Je mets mon sac en bandoulière puis, sans un mot, je repars vers Maman, dont j'agrippe la jupe pour m'assurer qu'elle n'ira plus nulle part sans moi. J'en ai oublié Syd, jusqu'à ce qu'il surgisse brusquement entre les jambes de Maman et s'élance vers la portière du chauffeur, qu'il caresse de sa petite main.

— Eh bien, mon p'tit gars, qu'est-ce qu'il t'arrive ? sourit le chauffeur en le prenant dans ses bras.

Il le jette en l'air.

Trop haut. Bien trop haut.

Maman retient son souffle et reste sans bouger, comme clouée sur place.

Syd crie de plaisir et le chauffeur le lance encore et encore.

Au bout d'un moment, il s'arrête, tourne des yeux narquois dans ma direction, puis recommence à le jeter si haut et si violemment que mon petit frère hurle comme un porcelet. Je n'y tiens plus, mais au moment où je m'apprête à ouvrir mon sac pour en sortir le cahier de Papa, j'entends les pas de Syd dans l'allée.

Je suis à bout de force.

Quand il arrive près de moi, je l'attrape par les bretelles de sa salopette.

— Je passerai prendre ce p'tit gars en voiture un de ces jours, lance le chauffeur. On lui mettra son siège auto et il pourra nous accompagner dans nos déplacements.

— Oui, pourquoi pas, bredouille Maman.

Le chauffeur tapote son nez et me fait un nouveau clin d'œil.

Je reste accrochée à la jupe de Maman pendant que la voiture s'éloigne sans bruit dans la rue avant de disparaître de notre vue. Maman me prend fermement la main et soulève Syd par les bretelles de sa salopette.

— Rentrons, déclare-t-elle. On va regarder un film avec Ellie en attendant le retour de Derek.

Non, Derek Green, tu es un homme bien

Le lendemain matin, Oncle Derek nous conduit à l'école. Dans sa voiture de police. Celle de Mme le maire est garée dans l'aire de stationnement qui se trouve en face du bâtiment.

— Ce soir, ne prenez pas le bus. Si je suis en retard, attendez-moi dans la cour de récréation ; mais je serai à l'heure, nous assure Oncle Derek.

Il se gare devant le véhicule de Mme le maire, descend et l'observe d'un air hésitant tandis que nous entrons dans l'école. Puis il va voir Mme Mason. « Pour lui dire un mot. »

Un peu plus tard, depuis notre classe, je vois sa voiture démarrer en trombe. Nous attendons tous l'arrivée de notre maîtresse et les boules de papier fusent dans la salle.

Finalement, c'est Mme Mason qui apparaît et pour une fois, nous apprenons quelque chose. Saviez-vous qu'il est possible de créer des cristaux avec de l'eau salée ? Ou que le premier animal à aller dans l'espace était une chienne ?

Mme Gayton semble avoir disparu. Et personne ne mentionne son nom. Alors, Sam Lewis lève la main au beau milieu d'une discussion sur Louis Armstrong, le musicien, et Neil Armstrong, l'astronaute.

— Madame, madame ? lance-t-il. Où est Mme Gayton ? Les gens disent que c'est un homme. Est-ce que c'est vrai ?

Mme Mason pince les lèvres, mais continue son cours. Elle nous montre une photo de cratères lunaires. Puis, juste avant la récréation, elle dit :

— Ellie, Scarlett, dans mon bureau, s'il vous plaît.

Ellie me jette un regard étonné ; je hausse les épaules. Je n'ai pas l'impression que nous ayons fait de bêtises récemment, mais je m'inquiète soudain d'Oncle Derek, qui était très bizarre ce matin. A-t-il appris la nouvelle de mon équipée dans la confiserie ? En a-t-il parlé à Mme Mason ?

Je l'imagine seul sur une île minuscule au beau milieu de l'océan.

Sans montre ni téléphone ni chronomètre.

Pareil pour Mme Mason.

Nous la suivons dans la cour de récréation.

J'attrape une pomme dans le panier de fruits qui se trouve dans le couloir. Je n'ai pas réellement l'intention de la manger ; je ressens juste le besoin de tenir quelque chose.

Je jette un coup d'œil en direction de la rue. La voiture de Mme le maire est toujours garée là. Pour le coup, je croque la pomme en espérant contre toute logique que je disparaîtrai derrière elle.

Mme Mason ouvre la porte de son bureau et je m'étrangle presque sur mon morceau de fruit.

Mme Gayton est assise là, sur une chaise. Elle est en survêtement, un vrai qui couvre les jambes, et elle a une boîte de chocolats dans les mains.

— Ellie, Scarlett, Mme Gayton a quelque chose à vous dire, nous annonce Mme Mason.

Elle se glisse derrière son bureau et indique d'un signe de la main à notre institutrice que c'est à son tour de parler.

Celle-ci fait une grimace. Ses dents apparaissent et elle retrousse ses lèvres peintes de rouge d'une façon qui suggère quelqu'un à l'agonie.

En réalité, elle tente de nous sourire.

— Les filles, dit-elle. M... Mer... Merci.

Elle nous tend la boîte de chocolats, qui tremble au bout de son bras osseux.

— Je vous... suis... très... très reconnaissante.

Ellie s'avance vers elle d'un pas léger et prend les

chocolats en s'assurant bien de ne pas toucher les doigts qui les tiennent.

— Merci, Mme Gayton. Contente d'avoir pu vous aider.

Je suis comme paralysée. La mâchoire m'en est tombée.

Comment ?

Mme Gayton a dit merci ?

À Ellie et à moi ????!!!???

Comment ?

— Et ? intervient Mme Mason.

— Scarlett, reprend Mme Gayton. Je te prie de m'excuser de l'attitude que j'ai eue envers toi.

Elle lève la tête vers la principale.

Les mots qu'elle vient de prononcer lui ont visiblement écorché la bouche.

Mme Mason reprend la parole.

— Maintenant, les filles, si vous voulez continuer à voir Mme Gayton, vous pourrez le faire sur la jetée. C'est là qu'elle va travailler désormais. Formidable, n'est-ce pas ?

— Oui, dis-je sans comprendre.

— Vraiment ? déclare Ellie qui, elle, a compris. C'est passionnant, Mme Gayton. Catcheur ? Qui l'eût cru ?

Nous dormons dans notre maison pour la première fois depuis le cambriolage. Maman a remis ma chambre en état et y a fait brûler une bougie parfumée pour qu'elle sente le citron et non la scène de crime et le policier. Ils ont cassé ma lampe de chevet en forme de lune, alors Maman m'en a acheté une nouvelle, d'un bleu glorieux, plus adulte. Il va me falloir un moment pour m'y habituer.

Ellie fait ses devoirs. Ils datent juste d'aujourd'hui, mais elle veut s'en débarrasser « pour profiter du week-end sans plus avoir à s'inquiéter ». En général, je fais les miens au moment de me coucher le dimanche soir. Ellie obtient des dix sur dix. Et moi des « peut mieux faire » habituellement écrits par Mme Gayton. Peut-être cette fois vais-je tâcher de m'appliquer, pour faire plaisir à Mme Mason.

Ce ne serait que justice.

Les yeux rivés au plafond, je m'efforce de penser à mes bonnes actions pour effacer de mon esprit l'image de Mme le maire et de son chauffeur. Pour l'heure, nous sommes tous à la maison, avec Oncle Derek, alors nous sommes en sécurité.

Voyons... les bonnes actions...

Je crois que les meilleures sont celles que l'on fait pour quelqu'un. Si j'y réfléchis bien : Mme Gayton a vécu dans le mensonge, mais quand nous lui avons sauvé la vie, nous avons agi comme il se devait, bien qu'elle se soit mal comportée avec nous pendant des années. Elle a eu de la chance que nous nous trouvions là, elle a eu de la chance que le père d'Ellie nous ait inscrites à un cours de secourisme, et elle a eu de la chance que le maître-nageur ait su lui enlever les sifflets qu'elle avait autour du cou et qui, sinon, l'auraient étranglée.

Enfin, elle a eu de la chance qu'il y ait une place de catcheur pour elle au bout de la jetée. Je ne sais même pas vraiment ce qu'est un catcheur, mais le mot sonne juste pour Mme Gayton.

Elle a également eu de la chance que je puisse lui pardonner.

— Ellie ?

— Oui. Tu penses à Mme Gayton ?

— Oui. On a fait ce qu'il fallait.

— Oui, bien sûr, répond-elle. Scarlett ?

— Oui ?

— Qu'est-ce qui t'aurait fait le plus plaisir ? Que Mme Gayton, Melissa ou Jessica tombent au fond de la piscine ?

Je réfléchis une minute.

— Toutes les trois ?

Ellie éclate de rire.

— Pareil pour moi, dit-elle.

J'écoute un moment le bourdonnement de la conversation entre Maman et Oncle Derek.

Puis je tente de me concentrer à nouveau sur Mme Gayton, mais mon esprit me ramène malgré moi vers Mme le maire.

Ellie travaille à une longue page d'exercices de mathématique. Je prends mon cahier de texte dans mon sac et l'ouvre à la page où j'ai noté les devoirs.

La liste flotte devant mes yeux.

Je n'y arriverai pas.

Maman et Oncle Derek continuent de bavarder dans la cuisine. Ils essaient de ne pas faire de bruit, mais je me glisse sur le palier et je m'assieds en haut des marches, l'oreille tendue.

Ils parlent du groupe de jeu de Syd, du travail de Maman, puis, soudain, Oncle Derek dit :

— Je suis désolé de ne pas être à la hauteur de Richard ; tu dois me considérer comme un piètre pis-aller.

— Non, Derek Green, tu es un homme bien, lui répond Maman.

— Sauf que Richard a gagné beaucoup d'argent et l'a donné. C'est difficile à égaler.

Oncle Derek a dû se tourner, car sa voix perd en clarté.

— Crois-tu qu'il s'est jeté du haut de cette falaise... pour protéger d'autres personnes ?

— Je me suis souvent posé cette question. Mais pour protéger qui ?

— Toi et Scarlett ?

Un long silence s'ensuit. Houdini monte l'escalier et vient s'installer sur mes genoux. Je me laisse glisser sur la marche inférieure pour être sûre de tout entendre.

— Contre qui ? reprend Maman.

Oncle Derek met du temps avant de répondre :

— Queenie et son gang, enfin ceux qui n'ont pas été capturés.

— Queenie ? répète Maman d'un ton las. J'avais peur que tu ne mentionnes ce nom. Je préférais penser que c'était une invention de notre imagination, mais j'en déduis que ce n'est pas le cas ? Est-ce que je l'ai déjà rencontrée ? Récemment ?

L'un d'eux entreprend de hacher quelque chose sur une planche. Le bruit du couteau retentit en écho dans l'escalier.

— Oui, c'est fort probable, confirme Oncle Derek. Malheureusement, ce n'est pas une invention. Personne ne se l'est faussement imaginée. Et elle n'est pas non plus partie en Amérique du Sud. Ses quatre-vingt-dix kilos et quelques sont bien en vie, bien en forme, et épient constamment nos visages sur des caméras de surveillance.

— Comment sais-tu que c'est elle ? Je pensais que personne ne l'avait jamais vue.

— Je me suis renseigné. J'ai posé des questions, parlé à Scotland Yard, et je suis presque sûr que je ne me trompe pas.

— N'y a-t-il personne pour témoigner contre elle ?

— Témoigner contre elle ? s'esclaffe Oncle Derek. Aucune chance : celui qui me l'a décrite m'a demandé de témoigner sous X. Je ne trouverai pas un seul témoin à charge. Il faut que je les attrape la main dans le sac.

— Donc, c'est elle qui nous a cambriolés ?

— Son frère. Le chauffeur.

Scarlett, tu y es presque

Oncle Derek nous demande de rester à l'intérieur. Dommage, car c'est la première fois de l'été qu'il fait chaud ; cela dit, je n'ai aucune envie de tomber nez à nez avec « Queenie et son frère », puisque c'est ainsi qu'il faut les appeler dorénavant.

Je n'ai pas parlé à Ellie de la conversation que j'ai surprise entre son père et Maman. Je ne veux pas l'effrayer. Que je le sois suffit amplement ; il faut que l'une de nous fonctionne correctement.

— Pourquoi ? demande Ellie à son père.

Oncle Derek triture sa moustache un moment.

— Des personnes peu fréquentables rôdent dans le quartier, répond-il enfin. Donc je préfère que vous restiez dedans pour l'instant.

Il baisse le store de ma fenêtre, ce qui empêchera le soleil de calciner la chambre. Le problème, c'est qu'on bout déjà dans cette pièce, sans compter qu'elle empeste la lessive en poudre réchauffée.

Ellie s'est allongée par terre et fixe le plafond. Je me pends par les pieds au lit superposé. Mes cheveux frôlent le sol.

— Où est Maman ? demandé-je une fois calée dans ma nouvelle position.

— En bas, avec Syd, répond Oncle Derek. Si vous me cherchez, je serai dans le jardin.

— Hum, fait Ellie.

D'un air distrait, elle entreprend de consulter des magazines que j'ai empilés par terre. Alors je cherche aussi une occupation, peu importe laquelle ; j'accepterais même un tricotin si j'avais de la laine. Mon regard remarque soudain le cahier de Papa qui pointe sous le lit à côté de la maquette.

Je me remets à l'endroit et pousse la maquette du pied vers Ellie. Elle grogne, mais renverse les pièces détachées sur le magazine ouvert qu'elle était en train de survoler.

— Ce n'est qu'un avion, grommelle-t-elle. Pourquoi ton père voudrait-il que tu construises un avion ?

— Je n'en sais rien.

— Tu as de la colle ?

Je lui indique le tiroir du haut de ma commode. Elle se lève pour aller la chercher, mais doit d'abord lutter contre les pantalons, chaussettes, médailles et autre bric-à-brac qui finissent à cet endroit.

— Je l'ai, annonce-t-elle enfin en brandissant un tube jaune recouvert de colle séchée.

J'ouvre le cahier de Papa et l'épluche pour la énième fois. Je le connais presque par cœur. La première partie regorge de récits sur des objets volés retournés ; la seconde, de récits sur des dons à des œuvres de bienfaisance. Au milieu, Papa a collé toute une série de souvenirs divers et variés, comme l'emballage de la tourte et les tickets pour le ferry.

— Et voilà, le cockpit est prêt, déclare Ellie en continuant de s'affairer. Par contre, j'ai l'impression qu'il y a beaucoup plus de pièces qu'il n'en faut.

Mes yeux sont rivés sur le cahier.

— Pourquoi, Papa, pourquoi ?

— Pourquoi quoi ? demande Ellie.

— Pour rien, je ne me suis même pas entendue parler.

Je viens de remarquer une bizarrerie. Papa a numéroté les pages du cahier. Celle sur laquelle est posé mon regard porte le numéro 19 et dans le rond du neuf, il a dessiné des petits yeux orientés vers le bas de la page. Je tourne celle-ci, m'attendant à voir le numéro 20, or c'est le numéro 22 que je lis.

Les pages 20 et 21 manquent.

Ellie poursuit la construction de la maquette en fredonnant.

J'observe avec soin le coin de la page et il m'apparaît enfin que deux feuilles sont collées l'une à l'autre. Mme Gayton me répétait constamment que mes ongles étaient trop longs. Cette fois, ils vont me servir. J'introduis celui de mon pouce dans le minuscule espace et j'entends un petit craquement. Est-ce de la colle qui cède ? Je passe maintenant l'ongle de l'index dans l'ouverture que j'écarte de mes deux doigts.

Les feuilles se soulèvent.

Je découvre une nouvelle double page et, en son milieu, une photo de Papa qui me porte, tout bébé, sur ses épaules. La photo est grande et n'est pas fixée au papier.

Je n'en crois pas mes yeux.

Je n'ai jamais vu ce cliché. Il a été pris ici, je reconnais l'angle de la maison et, en toile de fond, la tour de contrôle de l'aérodrome. Les haies sont épaisses et vertes, le ciel, bleu. Ce devait être l'été.

Je prends la photo pour scruter les yeux de Papa, ces drôles d'yeux rieurs et pleins de vie qu'il avait. Puis je la tourne.

29 novembre
Ma très chère Scarlett,

Je t'écris assis à la terrasse du café de la Demeure de Fazackerley, avant de prendre un train pour Londres. Je suis passé à la maison sans vous prévenir. Ta maman était occupée et tu jouais derrière près de la porte de la cuisine. Je ne pense pas que tu aies remarqué ma présence, mais si je me trompe, je te prie de m'excuser de ne pas m'être arrêté pour vous dire au revoir. Tu étais très jolie dans ton pull-over jaune et je suis sûr que Maman ne t'en a pas trop voulu du traitement que tu as fait subir à sa théière.

Lorsque tu trouveras ce mot, lorsque tu seras assez âgée pour le trouver, tu m'auras peut-être oublié. Si c'est le cas, je le comprendrai, je n'ai pas passé beaucoup de temps avec toi comme le font les papas. Mais si tu te souviens de moi, j'espère que ce que je t'ai laissé t'aura déjà aidée à combler quelques trous à mon sujet.

Choisis bien tes amis, ne monte pas en voiture avec des inconnus.

Prends soin de toi, prends soin de ta maman et, Scarlett, tu y es presque, tu peux y arriver. Continue de regarder toujours plus haut.

Je t'embrasse tendrement,

Papa

Mon amie Ellie

Je lis le mot six fois. Je pose la photo, puis la reprends et lis le mot de nouveau.

— Scarlett ? dit Ellie en mettant un avion bancal près de mon pied. Ça va ? Tu es toute blanche.

Je lui tends la photo et regarde d'un air absent la maquette qu'elle a construite. Mes doigts la soulèvent machinalement et effleurent les bosses de colle encore molle sur ses côtés.

Il était là, il m'a vue, le jour où j'ai rempli la théière de sable et de feuilles. Quand était-ce ?

Probablement la semaine avant sa mort. J'avais cinq ans. Six peut-être.

Pourquoi ne nous a-t-il pas parlé ?

Le souvenir de cette journée me revient. J'ai rempli la théière avec du sable et des feuilles car un plombier travaillait sous l'évier. Je voulais jouer à faire la vaisselle mais il avait coupé l'eau. Maman m'avait suggéré d'aller en prendre dans le tonneau de récupération, mais j'avais trouvé qu'elle était trop froide et qu'elle sentait trop les grenouilles pourries. L'espace d'une seconde, et de façon tout à fait injuste, je déteste ce plombier qui m'a empêchée de voir mon père une dernière fois.

Maman s'était mise très en colère à cause de la théière. Nous avons bu du thé croquant pendant toute la saison des fêtes de fin d'année.

— C'est incroyable, me dit Ellie.

Elle a les yeux écarquillés et l'arc de ses sourcils a presque atteint la ligne de ses cheveux.

— Oui, murmuré-je. Ce message signifie qu'il était là et nous a observées très peu de temps avant de mourir. Mais je ne l'ai pas vu.

Les larmes me surprennent et je cligne des paupières pour les refouler. Elles refusent de m'obéir et continuent de monter. Je me tourne pour les sécher sur un oreiller, en vain.

— Oh, Scarlett... me plaint Ellie.

Elle me passe un bras sur les épaules. J'apprécie son geste, même si je sens qu'elle garde une certaine distance.

— Ça doit être terrible de ne pas avoir de papa, reprend-elle.

— Ça doit être dur de ne pas avoir de maman, dis-je en reniflant. Je ne peux même pas imaginer à quel point.

Nous restons là, penchées l'une contre l'autre, tandis que le flot de mes larmes se tarit peu à peu. Je m'essuie le visage sur ma couette. Ellie tourne la photo de Papa qu'elle tenait toujours entre ses doigts et nous relisons ensemble le message au verso.

— « Tu y es presque... continue de regarder toujours plus haut », lit Ellie. Que veut-il dire ?

Tu y es presque.

Tu y es presque ?

— Il essaie peut-être de m'indiquer que je suis sur le point de trouver quelque chose, murmuré-je très prudemment.

Ellie hausse les épaules, avant de me dire avec un grand sourire :

— Tu veux dire sur le point de trouver des diamants imaginaires ?

— Scarlett ! Ellie !

C'est Maman. Elle monte l'escalier.

— Vous voulez du jus d'orange ou autre chose à boire ?

Nous nous levons d'un bond. Je remets la photo dans le cahier, que je glisse sous le lit comme si nous avions fait une bêtise.

Maman passe la tête par la porte. J'ai les yeux baissés vers les pièces non utilisées de la maquette. Je ne veux pas révéler à Maman que j'ai pleuré.

— Ouh ! souffle-t-elle en agitant la main pour dissiper la forte odeur qui émane d'Ellie et de l'assouplissant sur ses habits. Vous n'avez pas trop chaud dans cette chambre ?

— Si. Est-ce qu'on peut sortir un peu ? demandé-je.

Maman se renfrogne. Elle réfléchit.

— Oui, pourquoi pas... décide-t-elle.

Une autre lettre

Nous descendons avec la maquette et nous installons dehors sur une petite table située à l'ombre. Nous examinons ce que nous avons : pour l'instant, un avion et un paquet de pièces apparemment inutiles.

Oncle Derek essaie de tondre la pelouse avec la tondeuse électrique de Maman qui mâche plus qu'elle ne coupe. À mon avis, les empreintes de pneus compliquent encore la tâche.

Au potager, Maman place de nouveaux tuteurs dans ses haricots.

Ellie se débat avec les pièces mystère de la maquette. Elles comptent huit poutrelles ; quelques disques de grosseurs variées ; huit rectangles qui s'assemblent en un octogone ; et une sorte de toit. Il est possible qu'elles ne servent effectivement à rien, à moins qu'Ellie n'ait très mal construit l'avion et omis d'y inclure des parties essentielles.

Cependant, l'octogone et le toit forment comme une cabane. Quel modèle d'avion pourrait bien être surplombé d'une cabane ?

Il doit y avoir une explication.

Je fais voler le modèle réduit au-dessus de la table et le fais atterrir sur une feuille.

Pourquoi Papa m'a-t-il donné cette maquette ? Voulait-il que je devienne pilote ? Voulait-il être pilote lui-même ? Était-il en réalité un officier de l'armée de l'air qui larguait des bombes, et pas un espion ? Ce serait un problème.

— Au fait, Scarlett, lance soudain Maman. J'avais oublié, tu as reçu une lettre. Je l'ai posée sur la console dans l'entrée.

Elle repousse une mèche de son front.

— Désolée, ajoute-t-elle, j'aurais dû te prévenir plus tôt.

Une lettre ? Pour moi ? Je n'en reçois jamais.

Je repars dans la maison, où mes yeux habitués à la luminosité extérieure ont du mal à s'adapter à l'obscurité. J'avance à tâtons vers l'entrée, où je trouve l'enveloppe, blanche, sans timbre, avec une étiquette autocollante informatisée.

La lettre a été déposée. Je la tourne et la retourne dans mes mains, l'examine à contre-jour devant la partie vitrée de la porte.

Hum.

L'école ?

Je déchire le rabat et, ce faisant, entrevois un petit éclair. Avez-vous déjà vu des enveloppes clignoter ? Celle-ci le fait. Je déplie la lettre.

Chère Scarlett,

Nous estimons qu'il est temps de régler cette affaire.
Disons d'ici à vingt heures ce soir ?
Après quoi,
Eh bien,
Il pourrait se passer des choses.
Nous t'embrassons,

Nous,
X

Regarde

J'apporte la lettre à Ellie.

Sa lecture lui donne la nausée.

— On devrait la montrer à Papa, dit-elle. C'est une menace.

— Je suis d'accord.

— Mais si tu le fais, tu devras parler des bonbons, à lui et à ta mère. En fait, il faudra tout avouer : le cahier, Fazackerley, et ce qui se trouvait dans la boîte. Tout.

Je pense à la réaction que Maman a eue à cause des manchots et j'imagine celle qu'elle aura quand je lui révélerai ma visite à la confiserie. Elle n'appréciera pas du tout que je lui aie caché tant de secrets, et ils commencent à être nombreux.

— Je ne suis pas sûre d'en avoir le courage, dis-je.

Ellie lève la tête vers moi puis me montre Syd du doigt. Il s'est remis à jouer dans la boue.

— Vraiment ? Même si ton propre petit frère est en danger ?

— Ils ne vont pas venir maintenant, pas tant que ton père est ici, décidé-je. Papa m'a seulement recommandé de ne pas faire confiance à n'importe qui. Je sais que je peux compter sur ton père, mais je ne connais pas ses collègues de la police. En plus, c'est à moi que Papa a laissé un héritage. Peu importe ce que c'est, il m'appartient et c'est à moi de le trouver. Si je n'ai pas réglé le problème d'ici au dîner, je te promets que je dirai la vérité.

Ellie me dévisage par-dessus ses lunettes.

— D'accord, mais si tu ne le fais pas, c'est moi qui le ferai.

J'ai la gorge serrée.

Maman nous propose d'aller nager et, tel un homme condamné, j'imagine que ce sera mon dernier moment de bonheur sur terre. L'eau paraît particulièrement claire et accueillante aujourd'hui. Le soleil qui s'y réfléchit la fait étinceler. Et pourtant, je me sens triste.

Triste car je n'ai pas réussi à finir la course dans laquelle je me suis engagée. Queenie et son frère m'ont battue. Non qu'ils trouveront mon héritage : je n'en ai pas à leur donner, mais parce que c'est Oncle Derek qui va devoir trouver le moyen de les confondre. Et parce que je ne comprends toujours pas ce que Papa attendait de moi.

Je suis presque certaine qu'il ne souhaitait pas me voir devenir voleuse de bonbons ni de manchots.

Il aurait peut-être apprécié que je remonte une vieille maîtresse grincheuse du fond de la piscine, sauf que cet exploit a davantage relevé d'un concours de circonstances que d'une volonté à effectuer une bonne action.

Il ne peut pas non plus avoir désiré que je verse d'énormes sommes à des œuvres charitables puisque je n'ai que onze ans et que je ne dispose que de mon argent de poche.

Regarde toujours plus haut.

Je lève la tête vers le ciel bleu sans nuages.

Nous passons dix minutes à gonfler les matelas pneumatiques, en partie parce que Syd persiste à s'asseoir dessus et fait ressortir l'air que nous y faisons entrer. Le tissu est taché de marques de transpiration, il colle, il est parsemé de sable et d'algues de l'été dernier, et il a la même odeur que des bottes en caoutchouc.

Ellie est vraiment contente, alors je m'efforce de refouler l'idée de la bagarre à venir, et j'essaie de sourire.

Nous courons jusqu'à la citerne, dans laquelle nous jetons les matelas.

— C'est la partie la plus compliquée, dis-je à Ellie en sautant sur le mien.

Je reste dessus une seconde à peine, le temps qu'Ellie essaie de s'allonger sur le sien et nous fasse basculer toutes les deux. Je coule à pic et suis certaine que je vais mourir car l'eau est glaciale. Toutefois, mes pieds touchent l'étrange couche visqueuse qui recouvre le fond et je remonte à la surface.

Ellie essaie de reprendre place sur son matelas.

— Ha, ho, ha ! lance-t-elle.

L'eau est si froide que mes poumons se sont vidés de tout leur air et que je suis prise d'un accès de toux. Je sors de la citerne à la hâte.

Ellie vient vers moi à la nage. Ses lèvres sont bleues. Je lui tends la main pour l'aider à me rejoindre sur le bord.

— Oh... fait-elle, toute tremblante. Je ne me suis jamais baignée dans une eau aussi gelée.

— C'est super, non ?

— Fabuleux.

Et elle y retourne. Sa peau couleur écrevisse se strie de veinures blanches. Mon maillot de bain est vraiment trop petit pour elle, ce qui ne l'empêche pas de se mettre à quatre pattes sur son matelas.

— Elle est carrément glacée ! crie-t-elle avant de porter le poids de son corps en avant.

Le matelas fuse vers le centre de la citerne, puis se met à danser doucement. Lentement, Ellie réussit à s'allonger sur le ventre, le menton sur ses mains croisées.

— C'est formidable, déclare-t-elle.

Bien que je claque toujours des dents, je saute jambes écartées et j'atterris à califourchon sur mon matelas. La stratégie est risquée : je m'éclabousse entièrement et je chavire presque, mais je m'accroche et me tortille comme un ver jusqu'à ce que je sois couchée sur le dos. Maintenant, je peux admirer le ciel.

Ce dernier est toujours d'un bleu immaculé, sans un seul nuage. Une mouette plane loin au-dessus de nos têtes. Je ferme les yeux et me laisse flotter.

Ellie fredonne *Stardust, le mystère de l'étoile*. Enfin, je crois.

Lorsque je rouvre les yeux, je reste un moment désorientée avant de comprendre que je suis arrivée tout au bord de la citerne. D'un coup de pied, je me pousse de nouveau vers le centre.

Le mouvement me donne l'impression que le ciel file au-dessus de moi. Je remarque alors la cheminée de notre maison d'un côté et la tour de contrôle de l'aérodrome de l'autre.

Prise de frissons, je m'assieds.

— Ellie ?

Elle continue de chanter.

— Ellie.

— Quoi ?

Je lui indique la tour de contrôle du doigt.

— C'est quoi ?

— À ton avis ?

— Une tour de contrôle ?

— Une cabane octogonale, sur pieds. La maquette, les pièces restantes...

Ellie écarquille les yeux.

— Alors ça, bredouille-t-elle. Alors ça.

Toujours plus haut

Nous ne prenons même pas le temps de nous habiller. De toute façon, cela paraîtrait suspect. Nous abandonnons les matelas dans la citerne et, en maillot de bain et sur la pointe des pieds, nous nous faufilons dans un trou de la haie qui longe les cressonnières avant de nous élancer d'un pas saccadé sur le terrain de l'aérodrome.

La tour de contrôle ressemble exactement à une cabane posée sur une pyramide de poutres.

— Que cherche-t-on ? me demande Ellie qui halète derrière moi.

— Je ne sais pas, on regarde toujours plus haut.

Nous avons vite fait de parcourir le chemin. La tour n'est pas loin. Un énorme panneau annonce en lettres rouges : ACCÈS INTERDIT. Des spirales de fil barbelé barrent la voie, mais quelqu'un les a cisaillées à un endroit. Nous nous glissons prudemment dans l'étroit passage, que nous réussissons à traverser sans nous écorcher. Il n'aurait pas été inutile que nous soyons un peu mieux vêtues, mais c'est trop tard maintenant. Nous allons nous planter au centre des piliers et levons la tête.

J'espérais que le « plus haut » de Papa deviendrait vite évident. Or nous ne voyons qu'une échelle rouillée rivetée près d'une petite trappe qui s'ouvre dans la partie inférieure de la tour.

— Scarlett ? murmure Ellie d'un air sceptique.

J'ai posé le pied sur le premier barreau de l'échelle. Le métal est brûlant à cause du soleil, mais il paraît solide, alors je commence à escalader.

— Scarlett... répète Ellie.

Je continue sans m'arrêter jusqu'à ce que j'arrive au niveau de la trappe, qui est fermée par un cadenas. Un petit cadenas rouillé, mais un cadenas malgré tout.

Zut.

Voilà pourquoi Papa m'a donné les outils. Pas pour les manchots ni pour les bonbons, mais pour la tour de contrôle.

Zut, zut, et zut.

— Qu'est-ce qu'il y a ? me demande Ellie d'une voix plus assurée.

— Un cadenas.

— Oh, crotte ! Veux-tu que j'aille chercher les crochets de ton père ?

— Non, tu te ferais prendre. On va devoir trouver une autre solution. Est-ce que tu vois une pierre par là ?

Ellie a beau chercher, il n'y a que de l'herbe et du bitume. Alors je scrute l'aérodrome des yeux et j'aperçois à l'autre bout une pile de vieux équipements rouillés.

— Là ! m'exclamé-je. Il devrait y avoir une barre ou quelque chose qui pourra m'aider !

Je redescends, mais les barreaux métalliques me font mal aux pieds et Ellie atteint le bout de l'aérodrome bien avant que je n'arrive en bas.

— Regarde ! me crie-t-elle de loin. Est-ce que ça ira ?

Elle agite un objet qui ressemble à un pied-de-biche. C'est parfait.

Elle me le rapporte et je remonte. Cette fois, je souffre beaucoup plus du fait que je ne suis qu'en maillot de bain. D'autant que la barre de fer est longue et que je ne sais comment la porter. Je finis par la coincer sous mon bras. Or, je ne peux plus me tenir droite et je m'érafle les genoux contre le métal rouillé. Une fois revenue en haut, d'un bras levé au-dessus de ma tête, j'essaie d'insérer la barre de fer dans l'arceau métallique où passe le cadenas. Ma position n'est pas confortable et ma main tremble, mais je finis par réussir. Je pousse alors sur la barre de toutes mes forces. Le bois se fend et les vis qui le fixaient sautent.

— Attention à toi ! crié-je à Ellie.

Je laisse tomber la barre au sol.

La trappe est encore retenue par une cale. Je la retire. Le battant s'affaisse d'un coup et je suis obligée de me baisser pour l'esquiver.

Je regarde Ellie, qui a la tête levée vers moi.

— J'y vais, tu veux m'accompagner ? lui demandé-je.

— Non, je préfère rester ici à surveiller, me répond-elle.

Là-dessus, elle brandit son pouce en signe d'encouragement. Emplie de crainte et d'excitation mêlées, je me hisse dans l'ouverture.

Papa

La tour est vraiment comme une cabane. Une cabane octogonale d'où le panorama, prodigieux, court de la mer à notre jardin. Et une cabane dont l'intérieur est rempli de bric-à-brac. Bien que tous les pans de murs soient percés d'une fenêtre, quelqu'un a punaisé des objets aux chambranles de telle sorte que la vue sur l'extérieur est ponctuée de vieilles vestes en fausse fourrure, ou de masques à gaz, prisonniers de toiles d'araignée.

Au centre de l'espace, près de la trappe, se dresse un énorme bureau recouvert d'équipement électrique vétuste, de cadrans, d'interrupteurs et de fils, comme si quelqu'un avait commencé à les rassembler avant de se rendre compte qu'il serait trop difficile de tout descendre par l'échelle.

Sous une des fenêtres, celle qui donne sur notre maison, sont posés une boîte à outils et un sac à dos beaucoup plus récents que le reste des objets. J'attrape le sac et renverse son contenu par terre.

— Tu as trouvé quelque chose ? me crie Ellie en contrebas.

— Non, pas vraiment, dis-je.

Je ne vois que de la colle, du papier, des ciseaux, un sweat-shirt tout neuf auquel sont encore attachées les étiquettes du magasin, une bouteille d'eau vide, une lampe torche, une méthode d'auto-apprentissage du mandarin, une boîte à sandwich sans rien à l'intérieur, et des jumelles. Tout au fond du sac sont restés coincés un de ces duvets incroyablement souples que l'on peut loger n'importe où, et un matelas gonflable high-tech.

Papa dormait-il ici ?

Je prends les jumelles. Les siennes ? Je regarde. Le bois du mur m'apparaît en très grand et les lattes au sol sont si proches qu'elles en deviennent floues. Je relève l'instrument pour regarder par la fenêtre en direction de notre jardin. Fantastique : je vois les souris qui courent le long du tas de compost ; et puis Oncle Derek qui se met en survêtement dans la chambre de Maman ; et puis le store de ma chambre, fermé pour la protéger du soleil ; et puis Maman qui coupe du pain dans la cuisine. Je vois même Syd qui regarde la télévision, puis se déplace dans la maison.

Ainsi Papa nous observait. Il me regardait, tout le temps. Il a dû me voir me lever le matin, me coucher le soir. Partir pour ma première journée d'école dans la voiture de Maman, vêtue de mon premier uniforme. Il a dû voir le plombier sous l'évier, Maman qui préparait le thé. Il devait être là, le jour où il m'a écrit le mot au verso de la photo. Je parcours l'espace des yeux. Je remarque cette fois sur le bureau poussiéreux un stylo-bille posé sur quelques feuilles de papier jauni.

Je souffle pour écarter la poussière. Et je découvre brouillon après brouillon de débuts de lettres à mon intention rédigées d'une main que je reconnais comme étant celle de Papa : *Scarlett, ma chérie ; Mon adorée Scarlett ; Ma très chère petite fille...*

Il a écrit tout cela pendant que je jouais dans le jardin avec la théière de Maman. Je rassemble les feuilles.

— Scarlett, ça va ? s'inquiète Ellie en bas.

— Oui, ça va, mais je n'ai pas encore trouvé ce qu'on est censées chercher.

— Toujours plus haut ? suggère-t-elle.

Je lève la tête.

Et découvre une autre trappe. Celle-ci n'est pas verrouillée, mais je ne vois pas d'échelle qui permette de l'atteindre. Que faire ?

J'attrape l'unique chaise qui soit là. Une fois dessus, je me dresse sur la pointe des pieds. Je touche à peine le verrou. Il me faut plusieurs essais avant de réussir à le faire glisser, mais l'abattant bascule enfin et il apparaît à sa place un rectangle de ciel bleu.

Je m'agrippe au rebord inférieur de la trappe et me soulève à la force des bras. Je ressens une douleur. Le matériau que je touche contient comme des piques qui s'enfoncent dans ma peau, et j'abandonne presque. Toutefois, je réussis à supporter le mal juste assez longtemps pour faire passer mes épaules dans l'ouverture. Les jambes ballantes, je reprends mon souffle, puis, malgré les égratignures, je parviens à m'extraire de l'ouverture. Et je m'assieds.

Je suis haut maintenant. J'examine le toit ; il est entouré d'un petit garde-fou si vétuste que je doute qu'il me retiendrait en cas de chute. Toujours accrochée au rebord de la trappe pour me laisser tomber à l'intérieur si jamais je suis prise de vertige, je lève la tête. Au-dessus de moi, une autre échelle, assez courte, mène à un amas de grilles et de petits disques qui ressemblent à des antennes radio et satellite. Toutes sont grises et ont l'air détériorées.

Regarde toujours plus haut.

— Scarlett !

La voix d'Ellie monte jusqu'à moi, très lointaine maintenant. Je sais qu'elle ne m'avertit pas de l'arrivée d'Oncle Derek ni de Maman, dont je distingue toujours les silhouettes dans la cuisine.

— Je suis tout en haut ! lui crié-je.

Je n'entends pas sa réponse. À cette hauteur, j'ai l'impression de percevoir surtout les sons qui viennent de plus loin : un tracteur dans un champ vers Dampington ; un vol de mouettes autour du zoo ; des enfants qui jouent dans le parc ; le moteur d'une voiture, assez proche, celui-ci. Un voisin part-il au travail ? Et le son, encore plus proche, de deux antennes qui se touchent. Le soleil est chaud, mais il y a de la brise.

Quel endroit parfait !

C'est peut-être ce que Papa voulait que je découvre : un nouveau point de vue.

Regarde toujours plus haut.

Il n'y a plus rien au-dessus de moi hormis les vieilles antennes et une vue sans aucun doute encore plus spectaculaire.

Les pieds toujours ballants dans l'ouverture, je me tourne très lentement. J'ai décidé d'aller jusqu'à l'échelle à quatre pattes.

J'essaie de ne pas penser à la hauteur, en vain. L'image d'Ellie, minuscule sous la tour, la mienne, tout aussi minuscule, et la distance, vaste, entre le sol et moi, troublent mon esprit. Après tout, le bitume n'est pas précisément moelleux et aucun filet de sécurité ne me rattrapera.

Pour oublier le danger, je pense à Papa.

Quand il s'asseyait ici avec ses jumelles.

Quand il rampait sur le toit, sur ce matériau vert piquant qui s'enfonçait aussi dans ses genoux.

Quand il dormait dans la tour, qu'il y mangeait des sandwichs, qu'il y apprenait le chinois ; qu'il y vivait aussi près de nous que possible, entre deux missions.

Je me demande si Maman savait qu'il était là. Je l'imagine, lui faisant des signes à la fenêtre, le retrouvant la nuit près de la citerne.

Je contemple les champs et tente d'entrer dans l'esprit de Papa.

À mon avis, Maman ne connaissait pas sa cachette. À mon avis, il l'a gardée secrète pour nous protéger. À mon avis, il a fait tout ce qu'il a pu pour nous protéger.

Je tire et secoue l'échelle. Elle paraît solide, comme les équipements sportifs de l'école qui datent certainement de la même époque.

Je pose le pied gauche sur le premier barreau et me hisse pas à pas jusqu'à ce que je puisse me tenir debout et envelopper mes bras autour de la partie supérieure des deux montants.

D'ici, je peux voir la mer.

Un ferry entre dans le port suivi d'une compagnie de mouettes.

La vue est encore meilleure ici ; je vois presque l'île de Wight.

Regarde toujours plus haut.

Je le fais.

Un grand mât gris.

Un petit mât gris, couvert de lichen.

Deux grilles métalliques carrées sur deux tiges.

Un grand disque satellite gris, qui capte la lumière.

Un grand disque satellite gris, qui ne capte pas la lumière.

Je regarde à nouveau.

Le disque satellite qui capte la lumière est vraiment brillant.

Ridiculement brillant.

Je ne veux pas m'emballer, mais je vais quand même aller voir, juste pour vérifier.

Je monte quelques barreaux supplémentaires pour que mon buste dépasse de l'échelle ; je n'ai plus grand-chose à quoi me tenir maintenant en dehors des antennes. D'une main, j'agrippe la plus grande, de l'autre, je tâte l'intérieur du disque.

La surface est bosselée.

Tout doucement, je referme les doigts sur une de ces bosses, qui se laisse soulever. Je retire ma main du disque et examine ce que j'ai rapporté.

Mes filles

Je saisis huit diamants en tout, je les glisse dans mon maillot de bain et j'entreprends de redescendre l'échelle. Que ce soit à cause du vertige ou de mon état de surexcitation, j'ai le cœur qui bat à tout rompre et je suis obligée de m'arrêter à plusieurs reprises pendant la traversée du toit.

Une fois devant la trappe, je saute vivement dans l'ouverture et, aussitôt dans la pièce, je me mets à la recherche d'un contenant pour les diamants. Le sac à dos de Papa. Parfait.

Je les glisse dans sa plus petite poche. Puis j'hésite.

Et si je prenais des pinces dans la boîte à outils, que je mette le sac sur mon dos, et que je remonte chercher le reste des diamants ?

À moins que je ne me hâte d'aller montrer ma découverte à Ellie, Oncle Derek et Maman, à qui j'avouerai que j'ai volé des bonbons au moment où je lui offrirai ma trouvaille.

Je n'ai pas besoin de tous ces diamants pour l'instant.

Le sac à dos de Papa est grand et j'ai du mal à passer dans la trappe ; puis, une fois sur l'échelle, je descends chaque barreau lentement car son poids me tire en arrière.

Avant même d'arriver en bas, je lance :

— Ellie, je les ai trouvés ! Ils sont dans le disque de l'antenne satellite. À mon avis, il y en a des tas ! Je n'en ai pris que quelques-uns.

Pas de réponse. Je me tourne, mais je ne la vois pas.

— Ellie ?

Je continue de descendre un barreau après l'autre, malgré mon envie de passer chaque pied sur l'extérieur de l'échelle et de me laisser glisser à terre comme un pompier.

Je suis presque arrivée.

— Ellie ?

— Scarlett.

Une main se referme sur mon épaule.

Je reste clouée sur place.

Ce n'est pas Ellie, ni Oncle Derek.

Je finis par pivoter lentement.

Le chauffeur. Il tient le sac de Papa par une bandoulière.

— Merci, Scarlett, dit-il. Tu nous auras épargné beaucoup d'efforts.

— Où est Ellie ?

— En sécurité, si tu coopères. Combien en as-tu trouvé ?

— Je ne vois pas de quoi vous voulez parler, dis-je en haussant les épaules.

— Ne sois pas bête, fillette. Qu'est-ce que tu as dans ce sac, hein ?

Il m'attrape par le poignet. J'essaie de me dégager, mais il est beaucoup plus fort que moi.

J'aperçois derrière lui une forme qui bouge. C'est la grosse voiture noire. Mme le maire est au volant, mais elle ne peut pas s'approcher davantage à cause des fils barbelés.

— Où est Ellie ? m'écrié-je à nouveau.

Je m'écarte autant que je le peux en me penchant en arrière, mais sans aucun effet, car mes pieds touchent à peine terre.

— Dépêche-toi d'amener cette gamine, espèce d'idiot ! crie l'énorme femme depuis la voiture.

Elle ouvre la portière arrière et Ellie apparaît, ligotée avec des pull-overs.

— À l'aide ! hurlé-je en m'agrippant au sac à dos.

Je sais que ma voix se perdra au milieu des cris des mouettes, mais je réitère :

— À L'AIDE !

— À l'aide !!!!!!!!! glapit Ellie. Paaaaaaaapaaaaaaa !!!!!!!

— La ferme ! vitupère le chauffeur en me poussant vers la brèche dans la barrière de fils barbelés.

J'ai beau lui donner des coups de pied, sans chaussures, je n'arrive à rien et, même si j'ai encore le sac sur mon dos, ma défense faiblit.

Cette fois d'ailleurs, l'homme me soulève entièrement et m'emporte vers la voiture. Nous y sommes presque lorsque Ellie hurle à nouveau, avec une puissance impressionnante :

— Paaaaaaaaapaaaaaaa !!!!!!!!

La femme lui enfonce une chaussette dans la bouche. Je reprends le flambeau.

— À L'AIDE !

Puis, avec les dents, j'ouvre la pochette sur le côté du sac à dos que je retourne d'un coup de genou. Les diamants tombent par terre. Même là, sur le tarmac, ils étincellent. Le chauffeur s'immobilise, tiraillé entre l'envie de les récupérer et la nécessité de m'enfermer dans la voiture.

C'est comme si le monde s'était arrêté de tourner. Mme le maire, son acolyte, Ellie même se sont figés, les yeux écarquillés, et même si je préférerais mille fois admirer comme eux les rayons du soleil couchant qui dansent sur les diamants, je m'aventure à planter mes dents aussi fort que je le peux dans le bras du chauffeur.

— Aïe ! s'exclame-t-il.

De son côté, Ellie réussit à rouler jusqu'à se faire tomber de la voiture. En dépit de sa corpulence, la femme bondit de son siège, descend, rattrape Ellie et, après avoir tournoyé sur elle-même, la jette sur la banquette arrière.

Je mords encore plus fort ; la chair de l'homme a un goût bizarre.

— DIABLESSE ! tonne-t-il non sans essayer de me décocher des coups de pied.

L'un d'eux me touche à la jambe. Je lâche presque prise, mais je résiste et je referme les mâchoires sur son bras avec une ardeur renouvelée. Je sens sa peau rompre.

— LÂCHE-MOI !!! hurle-t-il en reculant d'un bond vers les fils barbelés, qui lui écorchent l'arrière de la tête. NON !!!

J'en profite pour m'enfuir vers la maison. Nous avons besoin d'aide.

C'est alors que j'aperçois une silhouette vêtue de noir sauter par-dessus la haie de notre jardin et accourir.

— HÉ !

C'est Oncle Derek.

— HÉ, VOUS, LAISSEZ MES FILLES TRANQUILLES !

Il s'approche si vite que le chauffeur, en comparaison, semble se mouvoir au ralenti : ses jambes bougent, mais il ne semble aller nulle part. Oncle Derek le plaque au sol.

Je fais demi-tour et me dirige au pas de course vers la voiture. Je ne sais pas exactement ce que je vais faire, mais je sais que Mme le maire, frénétique, s'arrête tous les deux pas pour ramasser les diamants éparpillés sur le tarmac. Il lui faudra un certain temps avant de reprendre place au volant.

— Hé ! crié-je.

Elle se tourne et je lui passe devant. Puis j'accélère et saute sur le siège avant. Je ferme la portière vigoureusement et verrouille le véhicule de l'intérieur. D'abord pétrifiée, Mme le maire se précipite et s'empare de la poignée, les yeux brûlants de rage. Derrière elle, je vois Oncle Derek passer les menottes au chauffeur.

Les jambes tendues, je tâtonne du pied. Je sens deux pédales. L'une doit servir à avancer, l'autre à s'arrêter. Je pose mes mains sur le volant et j'appuie sur la pédale de droite.

Dans un horrible crissement, les fils barbelés raient tout le côté de la voiture.

Dommage pour la peinture.

Mais comme il est plaisant de voir Mme le maire s'enfuir en courant.

Nous la suivons lentement tout autour de l'aérodrome puis la poussons à revenir vers Oncle Derek. Durant tout ce temps, je me répète avec délice les mots que j'ai entendus.

Il a dit « mes filles ».

Mes filles.

J'aime cette sonorité.

Ce que j'en ai fait ?

Je ne m'étais pas trompée : Maman s'est presque désintégrée sous nos yeux quand je lui ai raconté que j'avais volé les bonbons et les jouets, et que nous avions suivi la trace de Papa jusqu'à Fazackerley ; mais lorsqu'elle a vu les diamants dans la coupe à fruits, elle a cessé de bouillir de rage et n'a plus frémi que de mécontentement.

Elle a pleuré, elle m'a prise dans ses bras, elle m'a dit qu'elle m'aimait, elle s'est mise en colère encore une fois, et je me suis à nouveau demandé comment Ellie pouvait supporter de ne plus avoir de maman.

Oncle Derek a décidé qu'il ne serait pas sage d'aller chercher le reste des diamants. Dommage, parce que nous avons dû attendre que certains de ses amis, alpinistes confirmés, reviennent de vacances et escaladent la tour avec force cordes, filets de sécurité et casques. Entre-temps cela dit, il a campé au pied de la tour, et Ellie et moi lui avons tenu compagnie.

Nous nous sommes bien amusés. Nous avons fait cuire des saucisses et des œufs dans une poêle de la police, et les avons mangés dans des assiettes de la police.

Les amis alpinistes ont descendu tous les diamants et m'ont donné une petite boîte à sandwich qu'ils ont trouvée collée avec un ruban adhésif au dos du disque satellite.

Oncle Derek était si curieux qu'il s'est arrêté net de manger pour me regarder ouvrir la boîte, un morceau de saucisse collé dans sa moustache.

La boîte contenait une rose séchée et une autre lettre.

Mal écrite, sur une feuille de papier pareille à celles que j'avais trouvées dans la tour.

Scarlett,

Je suis vraiment désolé à l'idée que tu auras tant enduré avant de pouvoir lire ce mot, mais je veux que tu aies les diamants, et je veux que tu décides toi-même de ce que tu en feras. J'espère que tu en sais maintenant assez sur moi pour prendre une décision sage. Je voulais te les remettre en personne, dans quelques années, mais il vient d'apparaître que ce ne sera pas possible.

Tu te demandes certainement si j'ai le droit de disposer de ces diamants. Oui, car ils m'appartiennent. Ils constituent le paiement du salaire que me doit l'État. Je les ai gagnés, peu importe ce que certains en disent.

Si c'est toi qui lis cette lettre, Scarlett, alors toi et moi avons réussi, je t'ai laissé les bons messages, et tu me ressembles suffisamment pour les avoir compris. Avec un peu de chance, ce voyage de découvertes t'aura plu et t'aidera dans les prochaines étapes de ta vie.

Au revoir, mon cœur,

Je t'aime, mais que cela ne t'empêche pas d'aimer d'autres personnes,

Papa

Après cette découverte, Oncle Derek a gardé les diamants au commissariat pendant quelque temps pour le cas où quelqu'un les réclamerait. D'après lui, bien que Papa ait laissé une sorte de testament, la question de savoir à qui ils appartenaient restait floue, mais que « en fait de meubles, la possession vaut titre ». Je n'ai pas du tout compris ce qu'il voulait dire. Et peu importe, car personne ne s'est présenté et il a fini par me les rendre.

Il y en avait cent quarante-quatre.

Douze fois douze.

Douze douzaines.

Douze douzaines de diamants.

J'en ai fait des petites piles dans ma chambre. Ellie et moi avons organisé un dîner aux diamants pour Barbie et Ken.

Nous avons autorisé Syd à les pousser avec une pelleteuse.

Nous les avons collés à nos oreilles ; nous avions l'air de folles.

Puis je les ai alignés sur le pourtour de la fenêtre de ma chambre avec de la pâte adhésive.

Leurs reflets ont créé de jolis motifs sur mon plafond et j'ai tenté de m'imaginer à vingt et un ans, éblouissante, un collier de diamants au cou, emportée sur une piste de danse par un prince charmant.

Si ce n'est que j'ai souvent les pieds sales et que je porte des jeans déchirés.

Il m'a fallu environ une semaine pour prendre ma décision.

L'argent des diamants a permis l'envoi des manchots dans un joli zoo du Canada, des singes en Amérique, et des flamants dans le Gloucestershire.

Il a remboursé M. Hammond de tous les dégâts causés à ses cressonnières. Il a acheté à Ellie de jolis habits, sans paillettes ; à Syd un ensemble de voitures ; à Mme Gayton une combinaison de lutte en élasthanne pour sa nouvelle carrière ; et à Maman, un séjour de luxe pour cinq dans les îles grecques.

Qu'ai-je fait du reste ?

J'ai gardé les trois diamants les plus petits pour en faire un collier, et j'ai sponsorisé Oncle Derek pour le marathon de Londres.

Il a collecté plus d'un million de livres.

Deux jours plus tard, Ellie et lui ont emménagé à la maison.

Dépôt légal : septembre 2014
N° d'édition : L.01EJEN001082.C002
Loi n° 49-956 du 16 juillet 1949
sur les publications destinées à la jeunesse

Achevé d'imprimer en Italie
par Grafica Veneta S.p.A.